I0649262

Ernst Bosch

Die Chronik der Sperlingsgasse

Ernst Bosch

Die Chronik der Sperlingsgasse

ISBN/EAN: 9783337357009

Hergestellt in Europa, USA, Kanada, Australien, Japan

Cover: Foto ©Andreas Hilbeck / pixelio.de

Weitere Bücher finden Sie auf **www.hansebooks.com**

Grote'sche Sammlung

von

Werken zeitgenössischer Schriftsteller

Neunter Band

Wilhelm Raabe, Die Chronik der Sperlingsgasse

Die Chronik der Sperlingsgasse

von

Wilhelm Raabe

Neue Ausgabe
Mit Illustrationen von E r n s t B o s c h und einem Bildnis
des Dichters von H a n n s F e c h n e r.

155. Auflage

G. Grote'sche Verlagsbuchhandlung
Berlin 1922

Die
Chronik der Sperlingsgasse

Pro domo

Vorrede zur dritten Auflage

Wenn es gewittert, verkriechen sich die Vögel unter dem Busch. Das wäre fast als ein gutes und warnendes Beispiel auch für dieses kleine Buch zu nehmen; es will sich aber nicht warnen lassen, und vielleicht darf es auch nicht.

Als vor zehn Jahren hinten in der Türkei die Völker aufeinanderschlugen, da regte es zum ersten Male seine Flügel und flatterte unbesorgt aus, wie finster auch der Himmel sein mochte. Mancherlei Wechsel der Zeit erfuhr es, und es wäre kein Wunder, wenn so viele fallende Trümmer es längst mit tausend Genossen unter berghohem Schutt begraben hätten; aber es fand seinen Weg, kam zu vielen Leuten, und sie nahmen es gut auf mit allen seinen Fehlern und Wunderlichkeiten.

Wenn es aber auch nur unter e i n e m Dach eine trübe Stunde verscheucht, eine schwere Stunde sanfter gemacht hätte, wie Herr Hartmann von der Aue sagt; wenn es nur ein Lächeln, nur eine Träne hervorgerufen hätte, so wäre sein Wirken und Sein nicht vergeblich gewesen.

Nun hängen wieder die Wolken drohend herab; der Krieg schlägt mit gewappneter Faust dröhnend an die Pforten unseres eigenen Volkes, und es ist niemand, so hoch oder niedrig ihn das Leben gestellt habe, der sagen kann, welch ein Schicksal ihm die nächste Stunde bringen werde. Es steht zu keiner Zeit ein Glück so fest, daß es nicht von einem Windhauch oder dem Hauch eines Kindes umgestürzt werden könnte; wieviel weniger jetzt! In solcher Zeit ständen die Menschen am liebsten mit leeren, müßigen

Händen, horchend und wartend; aber das ist nicht das Rechte. Es soll niemand sein Handwerksgerät, die Waffen, mit welchen er das Leben bezwingt, in dumpfer Betäubung fallen lassen. Ein Geschlecht gebe seine Arbeit an das folgende ab, und, gottlob, jener Epochen, in welchen die Menschheit ihre Mühen ganz von neuem aufnehmen mußte, weil die Sturmflut alles vorige fortgespült hatte, sind wenige.

Auch in diesem Sinne ist nichts zu hoch und nichts zu gering, und in diesem Sinne finden auch diese Blätter die Berechtigung, ihren Flug durch die stürmische Welt abermals vertrauensvoll zu beginnen. Mögen sie neue Freunde zu den alten gewonnen haben, wenn wieder zehn Jahre ihres flüchtigen Daseins dahingegangen sind!

S t u t t g a r t , im Februar 1864.

Der Verfasser.

Es ist eigentlich eine böse Zeit! Das Lachen ist teuer geworden in der Welt, Stirnrunzeln und Seufzen gar wohlfeil. Auf der Ferne liegen blutig dunkel die Donnerwolken des Krieges, und über die Nähe haben Krankheit, Hunger und Not ihren unheimlichen Schleier gelegt; — es ist eine böse Zeit! Dazu ist's Herbst, trauriger, melancholischer Herbst, und ein feiner kalter Vorwinterregen rieselt schon wochenlang herab auf die große Stadt; es ist eine böse Zeit! Die Menschen haben lange Gesichter und schwere Herzen, und wenn sich zwei Bekannte begegnen, zucken sie die Achsel und eilen fast ohne Gruß aneinander vorüber; — es ist eine böse Zeit! — Mißmutig hatte ich die Zeitung weggeworfen, eine frische Pfeife gestopft und ein Buch herabgenommen und aufgeschlagen. Es war ein einfaches altes Buch, in welches Meister Daniel Chodowiecki gar hübsche Bilder gezeichnet hatte: Asmus omnia sua secum portans, der prächtige Wandsbecker Bote des alten Matthias Claudius, weiland Homme de lettres zu Wandsbeck, und recht ein Tag war's, darin zu blättern. Der Regen, das Brummen und Poltern des Feuers im Ofen, der Widerschein desselben auf dem Boden und an den Wänden, — alles trug dazu bei, mich die Welt da draußen ganz vergessen zu machen und mich ganz in die Welt von Herz und Gemüt auf den Blättern vor mir zu versenken.

Aufs Geratewohl schlug ich eine Seite auf: Sieh! — da ist der herbstliche Garten zu Wandsbeck. Es ist ebenso nebelig und trübe wie heute; leise sinken die gelben Blätter zur Erde, als bräche eine unsichtbare Hand sie ab, eins nach dem andern. Wer kommt da den Gang herauf im geblümten

11

bunten Schlafrock, die weiße Zipfelmütze über dem Ohr? —
Er ist's — Matthias Claudius, der wackere Asmus selbst! —
Bedächtiglich schreitet er einher, von Zeit zu Zeit
stehenbleibend; jetzt ein welkes Blatt aufnehmend und das
zierliche Geäder desselben betrachtend; jetzt in die nebelige
Luft hinaufschauend. Er scheint in Gedanken versunken zu
sein. Denkt er vielleicht an den Vetter oder den Freund Hain,
an den Invaliden Görgel mit der Pudelmütze und dem neuen
Stelzbein; denkt er an die neue Kanone oder an das Ohr des
schuftigen Hofmarschalls Albiboghoi? Wer weiß! — Sieh!
wieder bleibt er stehen. Was fällt ihm ein?! Lustig wirft er die
weiße Zipfelmütze in die Luft und tut einen kleinen Sprung:
ein großer Gedanke ist ihm „aufs Herz geschossen" — das
große neue Fest d e r H e r b s t l i n g ist erfunden — der
Herbstling, so anmutig zu feiern, wenn der e r s t e
S c h n e e f ä l l t, mit Kinderjubel und Bratäpfeln und
Lächeln auf den Gesichtern von jung und alt! —

Wenn der erste Schnee fällt — — — wie ich in diesem
Augenblick wieder einmal einen Blick zur grauen
Himmelsdecke hinaufwerfe, da — kommt er herunter —
wirklich herunter, d e r e r s t e S c h n e e!

Schnee! Schnee! der erste Schnee! —

In großen wäßrigen Flocken, dem Regen untermischt, schlägt er an die Scheiben, grüßend wie ein alter Bekannter, der aus weiter Ferne nach langer Abwesenheit zurückkommt. Schnell springe ich auf und ans Fenster. Welche Veränderung da draußen! Die Leute, die eben noch mürrisch und unzufrieden mit sich und der Welt umherschlichen, sehen jetzt ganz anders aus. Gegen den Regen suchte jeder sich durch Mäntel und Schirme auf alle Weise zu schützen, dem Schnee aber kehrt man lustig und verwegen das Gesicht zu.

Der erste Schnee! der erste Schnee!

An den Fenstern erscheinen lachende Kindergesichter, kleine Händchen klatschen fröhlich zusammen: welche Gedanken an weiße Dächer und grüne funkelnde Tannenbäume! Wie phantastisch die Sperlingsgasse in dem wirbelnden weißen Gestöber aussieht! Wie die wasserholenden Dienstmädchen am Brunnen kichern! Der fatale Wind! —

„Gehorsamster Diener, Herr Professor Niepeguk! Auch im ersten Schnee?"

„Ärztliche Verordnung!" brummt der Weise und lächelt herauf zu mir, so gut es Würde und Hypochondrie erlauben.

Auf der Sophienkirche schlägt's jetzt! — Erst vier? und schon fast Nacht! — „Vier!" wiederholen die Glocken dumpf über die ganze Stadt. Jetzt sind die Schulen zu Ende! Hurra — hinaus in den beginnenden Winter: die Buben wild und unbändig, die Mädchen ängstlich und trippelnd, dicht sich an den Häuserwänden hinwindend.

Hier und dort blitzt nun schon in einem dunkeln Laden ein Licht auf, immer geisterhafter wird das Aussehen der Sperlingsgasse.

Da kommt der Lehrer selbst, seine Bücher unter dem Arm; aufmerksam betrachtet er das Zerschmelzen einer Flocke auf seinem fadenscheinigen schwarzen Rockärmel. Jetzt ist die Zeit für einen Märchenerzähler, für einen Dichter. — Ganz aufgeregt schritt ich hin und her; vergessen war die böse Zeit; auch mir war, wie weiland dem ehrlichen Matthias, ein großer Gedanke „aufs Herz geschossen". „Ich führe ihn aus, ich führe ihn aus!" brummte ich vor mich hin, während ich auf und ab lief; wie verwundert mich auch alle meine Quartanten und Folianten von den Büchergestellen anglotzten, wie spöttisch auch das Allongeperückengesicht auf dem Titelblatt der dort aufgeschlagenen Schwarte hergrinzte!

„Ein Bilderbuch der Sperlingsgasse!"

„Eine Chronik der Sperlingsgasse!"

Ein Kinderkopf drückt sich drüben im Hause gegen die Scheibe, und der Lampenschein dahinter wirft den runden Schatten über die Gasse in mein dunkles Fenster und über die Büchergestelle an der entgegengesetzten Wand. Ein gutes, ein glückliches Omen! Grinzt nur, ihr Meister in Folio und Quarto, ihr Aldinen und Elzeviere! Ein Bilderbuch der Sperlingsgasse; eine Chronik der Sperlingsgasse! Ich mußte mich wirklich setzen, so arg war mir die Aufregung in die alten Beine gefahren, und benutzte das gleich, um ein Buch Papier zu falzen für meinen großen Gedanken und einen letzten Blick hinauszuwerfen in den ersten Schnee. Bah! — Wo war er geblieben? Wie ein guter Diener war er, nachdem er die Ankunft seines Meisters, des gestrengen Herrn Winters verkündet hatte, zurückgekehrt, ohne eine Spur zu hinterlassen.

Ich bin ein einsamer alter Mann geworden! Die bunten, ewig wechselnden, ewig neuen Bilder dieses großen Bilderbuches, W e l t genannt, werden meinen alten Augen dunkler und dunkler; mehr und mehr verschwimmen sie, mehr und mehr fließen sie ineinander. Ich bin mit meinem Leben da angelangt, wo, wie in jenem Übergang vom Wachen zum Schlaf, die Erlebnisse des Tages sich noch dumpf im Gehirn des Müden kreuzen, wo aber bereits die dunkle, traum- und geistervolle Nacht über alles, Gutes und Böses, ihren Schleier breitet. Ich bin alt und müde; es ist die Zeit, wo die Erinnerung an die Stelle der Hoffnung tritt.

Schaue ich auf aus meinen Träumen, so sehe ich zwar dasselbe Lächeln, dasselbe Schmerzenszucken auf den Menschengesichtern um mich her, wie vor langen blühenderen Jahren, aber wenn auch Freude und Leid dieselben geblieben sind auf der alten Mutter Erde: die Gesichter selbst sind mir fremd — ich bin allein! — Allein — und doch nicht allein. Aus der dämmerigen Nacht des Vergessens taucht es auf und klingt es; Gestalten, Töne, Stimmen, die ich kannte, die ich vernahm, die ich einst gern sah und hörte in vergangenen bösen und guten Tagen, werden wieder wach und lebendig; tote, begrabene Frühlinge fangen wieder an zu grünen und zu blühen;

vergessener Kindermärchen entsinne ich mich; ich werde jung und — fahre auf und — erwache!

Versunken ist dann die Welt der Erinnerung, mich fröstelt in der kalten traurigen Gegenwart, drückender fühle ich meine Einsamkeit, und weder meine Folianten, noch meine andern mühsam aufgestapelten gelehrten Schätze vermögen es, die aufsteigenden Kobolde und Quälgeister des Greisenalters zu verscheuchen. Sie zu bannen schreibe ich die folgenden Blätter, und ich schreibe, wie das Alter schwatzt. Für einen Freund will ich diese Bogen ansehen, für einen Freund, mit dem ich plaudere, der Geduld mit mir hat und nicht spöttelt über Wiederholungen — ach, das Alter wiederholt ja so gern — der nicht zum Aufbruch treibt, wo die vertrocknete Blume irgend einer süßen Erinnerung mich fesselt, der nicht zum Bleiben nötigt, wo ein trübes Angedenken unter der Asche der Vergessenheit noch leise fortglimmt. Eine C h r o n i k aber nenne ich diese Bogen, weil ihr Inhalt, was den Zusammenhang betrifft, gar sehr jenen alten naiven Aufzeichnungen gleichen wird, welche in bunter Folge die Begebenheiten aus Vergangenheit, Gegenwart und Zukunft erzählen; die jetzt eine Schlacht mitliefern, jetzt das Erscheinen eines wundersamen Himmelszeichens beobachten, die bald über den nahen Weltuntergang predigen, bald wieder sich über ein Stachelschwein, welches die deutsche Kaiserin im Klostergarten vorführen läßt, wundern und freuen. Und wie die alten Mönche hier und da zwischen die Pergamentblätter ihrer Historien und Meßbücher hübsche, farbige, zierlich ausgeschnittene Heiligenbilder legten, so will auch ich ähnliche Blätter einflechten und durch die eintönigen farblosen Aufzeichnungen meiner alten Tage frischere blütenvollere Ranken schlingen.

Ich, der Greis — der zweiten Kindheit nahe, will von einem Kinde erzählen, dessen Leben durch das meinige ging wie ein Sonnenstrahl, den an einem Regentage Wind und

Wolken über die Fluren jagen; der im Vorbeigleiten Blumen und Steine küßt, und in derselben Minute das glückliche Gesicht der Mutter über der Wiege, die heiße Stirn des Denkers über seinem Buche und die bleichen Züge des Sterbenden streifen kann. Ich schreibe keinen Roman und kann mich wenig um den schriftstellerischen Kontrapunkt bekümmern; was mir die Vergangenheit gebracht hat, was mir die Gegenwart gibt, will ich hier, in hübsche Rahmen gefaßt, zusammenheften, und bin ich müde — nun so schlage ich dieses Heft zu, wühle weiter in meiner schweinsledernen Gelehrsamkeit und kompiliere lustig fort an meinem wichtigen Werke De vanitate hominum, einem ausnehmend — dicken Gegenstande.

Ich liebe in großen Städten diese ältern Stadtteile mit ihren engen, krummen, dunkeln Gassen, in welche der Sonnenschein nur verstohlen hineinzublicken wagt; ich liebe sie mit ihren Giebelhäusern und wundersamen Dachtraufen, mit ihren alten Kartaunen und Feldschlangen, welche man als Prellsteine an die Ecken gesetzt hat. Ich liebe diesen Mittelpunkt einer vergangenen Zeit, um welchen sich ein neues Leben in liniengraden, parademäßig aufmarschierten Straßen und Plätzen angesetzt hat, und nie kann ich um die Ecke meiner Sperlingsgasse biegen, ohne den alten Geschützlauf mit der Jahreszahl 1589, der dort lehnt, liebkosend mit der Hand zu berühren. Selbst die Bewohner des ältern Stadtteils scheinen noch ein originelleres, sonderbareres Völkchen zu sein, als die Leute der modernen Viertel. Hier in diesen winkligen Gassen wohnt das Volk des Leichtsinns dicht neben dem der Arbeit und des Ernstes, und der zusammengedrängtere Verkehr reibt die Menschen in tolleren, ergötzlicheren Szenen aneinander, als in den vornehmeren, aber auch öderen Straßen. Hier gibt es noch die alten Patrizierhäuser, — die Geschlechter selbst sind freilich meistens lange dahin — welche nach einer Eigentümlichkeit ihrer Bauart, oder sonst einem Wahrzeichen unter irgend einer naiven merkwürdigen Benennung im Munde des Volkes fortleben. Hier sind die dunkeln, verrauchten Kontore der alten gewichtigen Handelsfirmen, hier ist das wahre Reich der Keller- und Dachwohnungen. Die Dämmerung, die Nacht produzieren hier wundersamere Beleuchtungen durch Lampenlicht und Mondschein, seltsamere Töne als anderswo. Das Klirren und Ächzen der verrosteten Wetterfahnen, das Klappern des Windes mit den

18

Dachziegeln, das Weinen der Kinder, das Miauen der Katzen, das Gekeif der Weiber, wo klingt es passender — man möchte sagen dem Ort angemessener, als hier in diesen engen Gassen, zwischen diesen hohen Häusern, wo jeder Winkel, jede Ecke, jeder Vorsprung den Ton auffängt, bricht und verändert zurückwirft! —

Horch, wie in dem Augenblick, wo ich dieses niederschreibe, drunten in jenem gewölbten Torwege die Drehorgel beginnt; wie sie ihre klagenden, an diesem Ort wahrhaftig melodischen Tonwogen über das dumpfe Murren und Rollen der Arbeit hinwälzt! — Die Stimme Gottes spricht zwar vernehmlich genug im Rauschen des Windes, im Brausen der Wellen und im Donner; aber nicht vernehmlicher als in diesen unbestimmten Tönen, welche das Getriebe der Menschenwelt hervorbringt. Ich behaupte, ein angehender Dichter oder Maler — ein Musiker, das ist freilich eine andre Sache — dürfe nirgends anders wohnen als hier! Und fragst du auch, wo die frischesten, originellsten Schöpfungen in allen Künsten entstanden sind, so wird meistens die Antwort sein: in einer D a c h s t u b e ! — In einer Dachstube im Wine-office Court war es, wo Oliver Goldsmith, von seiner Wirtin wegen der rückständigen Miete eingesperrt, dem Dr. Johnson unter alten Papieren, abgetragenen Röcken, geleerten Madeiraflaschen und Plunder aller Art ein besudeltes Manuskript hervorsuchte mit der Überschrift: Der Landprediger von Wakefield.

In einer Dachstube schrieb Jean Jacques Rousseau seine glühendsten, erschütterndsten Bücher. In einer Dachstube lernte Jean Paul den Armenadvokat Siebenkäs zeichnen und das Schulmeisterlein Wuz und das Leben Fibels!

Die Sperlingsgasse ist ein kurzer enger Durchgang, welcher

die Kronenstraße mit einem Ufer des Flusses verknüpft, der in vielen Armen und Kanälen die große Stadt durchwindet. Sie ist bevölkert und lebendig genug, einen mit nervösem Kopfweh Behafteten wahnsinnig zu machen und ihn im Irrenhause enden zu lassen; mir aber ist sie seit vielen Jahren eine unschätzbare Bühne des Weltlebens, wo Krieg und Friede, Elend und Glück, Hunger und Überfluß, alle Antinomien des Daseins sich widerspiegeln.

In der Natur liegt alles ins Unendliche auseinander, im Geist konzentriert sich das Universum in einem Punkt, dozierte einst mein alter Professor der Logik. Ich schrieb das damals zwar gewissenhaft nach in meinem Heft, bekümmerte mich aber nicht viel um die Wahrheit dieses Satzes. Damals war ich jung, und Marie, die niedliche kleine Putzmacherin, wohnte mir gegenüber und nähte gewöhnlich am Fenster, während ich, Kants Kritik der reinen Vernunft vor der Nase, die Augen — nur bei ihr hatte. Sehr kurzsichtig und zu arm, mir für diese Fensterstudien eine Brille, ein Fernglas oder einen Operngucker zuzulegen, war ich in Verzweiflung. Ich begriff, was es heißt: Alles liegt ins Unendliche auseinander.

Da stand ich eines schönen Nachmittags wie gewöhnlich am Fenster, die Nase gegen die Scheibe drückend, und drüben unter Blumen, in einem lustigen, hellen Sonnenstrahl, saß meine, in Wahrheit ombra adorata. Was hätte ich darum gegeben, zu wissen, ob sie herüberlächele!

Auf einmal fiel mein Blick auf eines jener kleinen Bläschen, die sich oft in den Glasscheiben finden. Zufällig schaute ich hindurch, nach meiner kleinen Putzmacherin, und — ich begriff, daß das Universum sich in einem Punkt konzentrieren könne.

So ist es auch mit diesem Traum- und Bilderbuch der Sperlingsgasse. Die Bühne ist klein, der darauf Erscheinenden sind wenig, und doch können sie eine Welt von Interesse in sich begreifen für den Schreiber, und eine Welt von Langeweile für den Fremden, den Unberufenen, welchem einmal diese Blätter in die Hände fallen sollten.

Der Regen schlägt leise an meine Scheiben. Was und wer der sonderbare lange Gesell ist, der vorgestern da drüben in Nr. Elf eingezogen ist, in jene Wohnung, wo auch ich einmal hauste, wo einst auch der Doktor Wimmer sein Wesen trieb, hab ich noch nicht herausgebracht. — Es ist recht eine Zeit, zu träumen. Ich sitze, den Kopf auf die Hand gestützt, am Fenster und lasse mich allmählich immer mehr einlullen von der monotonen Musik des Regens da draußen, bis ich endlich der Gegenwart vollständig entrückt bin. Ein Bild nach dem andern zieht wie in einer Laterna magica an mir vorbei, verschwindend, wenn ich mich bestrebe, es festzuhalten. O, es ist wahrlich nicht das, was mich am meisten fesselt und hinreißt, was ich auf das Papier festbannen kann; ein ganz anderer Maler müßte ich sein, um das zu vermögen.

Das verschlingt sich, um sich zu lösen; das verdichtet sich, um zu verwehen; das leuchtet auf, um zu verfliegen, und jeder nächste Augenblick bringt etwas Anderes. Oft ertappe ich mich auf Gedanken, welche aufgeschrieben, kindisch, albern, trivial erscheinen würden, die aber mir, dem alten Mann, in ihrem flüchtigen Vorübergehen so süß, so heimlich, so beseligend sind, daß ich um keinen Preis mich ihnen entreißen könnte.

Nur das Konkreteste vermag ich dann und wann festzuhalten, und diesmal sind es Bilder aus meinem eigenen Leben, welche ich hier dem Papier anvertraue.

Was ist das für eine kleine Stadt zwischen den grünen buchenbewachsenen Bergen? Die roten Dächer schimmern in der Abendsonne; da und dort laufen die Kornfelder an

23

den Berghalden hinauf; aus einem Tal kommt rauschend und plätschernd ein klarer Bach, der mitten durch die Stadt hüpft, einen kleinen Teich bildet, bedeckt am Rande mit Binsen und gelben Wasserlilien, und in einem andern Tal verschwindet. Ich kenne das alles; ich kann die Bewohner der meisten Häuser mit Namen nennen; ich weiß, wie es klingen wird, wenn man in dem spitzen schiefergedeckten Turm jener hübschen alten Kirche anfangen wird zu läuten. Habe ich nicht oft genug mich von den Glockenseilen hin und her schwingen lassen?

Das ist Ulfelden, die Stadt meiner Kindheit — das ist meine Vaterstadt!

Und schau, dort oben in dem Garten, der sich von jenem zerbröckelnden, noch stehenden Teil der Stadtmauer aus den Berg hinanzieht, gelagert, unter einem blühenden Holunderstrauch, die drei Kinder. Da sitzt ein kleines Mädchen mit großen glänzenden Augen, dem wilden Franz aus dem Walde zuhörend. Franz Ralff, aufgewachsen im Wald und jetzt in der Zucht bei dem Vater der kleinen Marie, dem strengen lateinischen Stadtrektor Volkmann, erzählt, ein gewaltiges angebissenes Butterbrot in der Hand, kauend und zugleich durch seinen eigenen Vortrag gerührt, eine seiner wunderbaren Geschichten, die er aus der Waldeinsamkeit mitgebracht hat, und mit denen er uns kleines Volk stets zum „Gruseln" brachte oder zu bringen versuchte.

Und nun sieh da, im Grase ausgestreckt, da bin auch ich, der kleine Hans Wachholder, der Sohn aus dem Pfarrhause; blinzelnd zu dem blauen Himmel hinaufschauend und den kleinen weißen „Schäfchen" in der reinen Luft nachträumend.

Die Glocken der heimkehrenden Herden erklingen zwischen den Bergen, ringsumher summt und tönt unendliches Leben, im Gras, in den Bäumen, in der Luft; und das Kinderherz versteht alles, es ist ja noch eins mit der Natur, eins mit — Gott!

Aber warum öffnet sich nicht dort unten die braune Tür, die aus dem hübschen, vom Weinstock übersponnenen Hause mit den hellglänzenden Fenstern in den Garten führt?

Wo ist der alte Mann mit den ehrwürdigen grauen Haaren, welcher da allabendlich seine Blumen zu begießen pflegt?

Wo ist — wo ist meine Mutter? Meine Mutter!

Keine freundliche Stimme antwortet! Ich selbst habe ja

graue Haare. Vater und Mutter schlummern lange in ihren vergessenen, eingesunkenen Gräbern auf dem kleinen Stadtkirchhof zu Ulfelden. Jüngere Geschlechter sind seitdem hinabgegangen.

Plötzlich verändert sich das sonnige, sommerliche Bild.

Da ist schon die große Stadt! Diesmal ist es nicht Frühling, nicht blühender Sommer, sondern eine stürmische, dunkle Herbstnacht — vielleicht wird eine ähnliche auf den heutigen Tag folgen. — In dieser Nacht sitzt hoch oben in einem kleinen, mehr drei- als viereckigen Dachstübchen ein Student vor einem gewaltigen schweinsledernen Folianten, über welchen er hinwegstarrt. Wo wandern seine Gedanken? Draußen jagt der Wind die Wolken vor dem Monde her, rüttelt an den Dachziegeln, schüttelt den zerlumpten Schlafrock, welchen der erfinderische Musensohn, um sich und seine Studien ganz von der Außenwelt abzusperren, vor dem Fensterkreuz festgenagelt hat — kurz, gebärdet sich so unbändig, wie nur ein Wind, der den Auftrag hat, das letzte Laub von den Bäumen in Gärten und Wäldern zu reißen, sich gebärden kann. Lange hat der Musensohn in tiefe Gedanken versunken dagesessen; jetzt springt er plötzlich auf und dreht mir das Gesicht zu — — — das bin ich wieder: Johannes Wachholder, ein Student der Philosophie in der großen Haupt- und Universitätsstadt. Sehr aufgeregt scheint der Doppelgänger meiner Jugend zu sein; mit so gewaltigen Schritten, als das enge, wunderlich ausstaffierte Gemach nur erlaubt, rennt er auf und ab.

Plötzlich springt er auf das Fenster zu, reißt den improvisierten Vorhang herunter und läßt einen prächtigen Mondstrahl, welcher in diesem Augenblick durch die zerrissenen Wolken fällt, herein.

„Marie! Marie!" flüstert mein Schattenbild leise, die Arme gegen ein schwach erleuchtetes Fenster drüben ausstreckend, gegen dessen herabgelassene Gardine der kaum bemerkbare Schatten einer menschlichen Gestalt fällt, und —

Es ist eine gefährliche Sache, in den Momenten ungewöhnlicher Aufregung — sei es Freude oder Schmerz, Haß oder Liebe — sich dem klaren, weißen Licht des Mondes auszusetzen. Das Volk sagt: Man wird dumm davon. Wirklich, wunderliche Gedanken bringt dieser reine Schein mit sich; allerlei tolles Zeug gewinnt Macht, sich des Geistes zu bemächtigen und ihn unfähig zu machen, fürderhin gemütlich auf der ausgetretenen Straße des Alltagslebens weiterzutraben. „Man wird dumm davon!" — Zauberhafte Aussichten in phantastische, nebelhafte Gründe öffnen sich zu beiden Seiten; nie gehörte Stimmen werden wach, locken mit Sirenensang, flüstern unwiderstehlich, winken dem Wanderer ab vom sicheren Wege, und bald irrt der Bezauberte in den unentrinnbaren Armidengärten der Fee Phantasie.

„Ich liebe Dich," flüstert mein Schattenbild, „ich will Dich reich, ich will Dich glücklich, ich will Dich berühmt machen, ich will" — der schreibende Greis kann jetzt nur lächeln — „die Welt für Dich gewinnen, Marie!"

Mehr noch flüstert mein Doppelgänger, die Stirn an die Scheiben drückend, hinüber nach dem kleinen Stübchen, wo die Jugendgespielin, fortgerissen von dem kalten Arm des Lebens aus der waldumgebenen friedlichen Heimat, einsam in der dunkeln, stürmischen Nacht arbeitet, als ein anderer Schatten seine Träume von Glück und Ruhm durchkreuzt.

Da ist eine andere Gestalt; schwarze, dichte Locken umgeben ein sonnverbranntes Gesicht, die Augen blitzen von Lebenslust und Lebenskraft, es ist der Maler Franz Ralff, der aus Italien zurückkehrend, voll der göttlichen Welt des Altertums und voll der großen Gedanken einer ebenso göttlichen jüngern Zeit, den Freund umarmt.

Und weiter schweift mein Geist. — Ich sehe noch immer

die junge Waise in ihrem kleinen Stübchen unter Blumen arbeitend. Ich sehe zwei Männer im Strom des Lebens kämpfen, ein Lächeln von ihr zu gewinnen; und ich sehe endlich den einen mit keuchender Brust sich ans Ufer ringen und den schönen Preis erfassen, während der andere weiter getrieben, willenlos und wissenlos auf einer kahlen, skeptischen Sandbank sich wiederfindet. — Ich sehe m i c h , einen blöden Grübler, der sich nur durch erborgte und erheuchelte Stacheln zu schützen weiß, bis er endlich, nach langem Umherschweifen in der Welt, hervorgeht aus dem Kampf, ein ernster sehender Mann, der Freund seines Freundes und dessen jungen Weibes.

Ich lebe durch kurze Jahre von schmerzlich süßem Glück; ich sehe während dieser Jahre eine feine, blondlockige Gestalt lächelnd, wie unser guter Genius, Franz und mich umschweben und ihre schützende Hand ausstrecken über seine leicht auflodernde Wildheit und meine hinbrütende Traurigkeit — ich sehe bald ein kleines Kind — Elise genannt in den Blättern dieser Chronik — des Abends aus den Armen der Mutter in die des Vaters und aus den Armen des Vaters in die des Freundes übergehen, mit großen, verwunderten Augen zu uns aufschauend — — — —

Plötzlich hört der Regen auf, an die Fenster zu schlagen; ich schrecke empor — es ist späte Nacht. Einen letzten Blick werfe ich noch in die Gasse hinunter. Sie ist dunkel und öde; der unzureichende Schein der einen Gaslaterne spiegelt sich in den Sümpfen des Pflasters, in den Rinnsteinen wider. Eine verhüllte Gestalt schleicht langsam und vorsichtig dicht an den Häusern hin. Von Zeit zu Zeit blickt sie sich um. Geht sie zu einem Verbrechen, oder geht sie ein gutes Werk zu tun? Eine andre Gestalt kommt um die Ecke — ein leiser Pfiff —

„Du hast mich lange warten lassen, Riekchen!"

„Ich konnte nicht eher, die Mutter ist erst eben eingeschlafen" ...

Ein in der Ferne rollender Wagen macht das Übrige unhörbar. Die Figuren treten aus dem Schatten; ich sehe Ballputz unter den dunkeln Mänteln.

Sie verschwinden um die Ecke, und ich schließe das Fenster.

So endet das erste Blatt der Chronik, die wie die Geschichte der Menschheit, wie die Geschichte des einzelnen beginnt mit — einem T r a u m e.

Es ist heute für mich der Jahrestag eines großen Schmerzes, und doch trat heute Morgen der Humor auf meine Schwelle, schüttelte seine Schellen, schwang seine Pritsche und sagte:

„Lache, lache, Johannes, Du bist alt und hast keine Zeit mehr zu verlieren."

Jener sonderbare lange Mensch von drüben, im abgetragenen grauen Flausrock, einen ziemlich rot und schäbig blickenden Hut unter dem Arme, klopfte an meine Tür, kündigte sich als der Karikaturenzeichner Ulrich Strobel an, breitete eine Menge der tollsten Blätter auf dem Tische vor mir aus und verlangte: ich solle ihm für den Winter — den Sommer über bummele er draußen herum — eine Stelle als Zeichner bei einem der hiesigen illustrierten Blätter verschaffen. Er behauptete, meinen dicken Freund, den Doktor Wimmer in München, sehr gut zu kennen, und malte wirklich als Wahrzeichen das heitere Gesicht des vortrefflichen Schriftstellers sogleich auf die innere Seite des Deckels eines daliegenden Buches. Ich versprach dem wunderlichen Burschen, dessen Federzeichnungen wirklich ganz prächtig waren, von meinem geringen Ansehen in der Literatur hiesiger Stadt für ihn den möglichst besten Gebrauch zu machen, und er schied, indem er in der Tür mir die Hand drückte, mich süß-säuerlich anlächelte und sagte:

„Sie tun sehr wohl, mich so zu verbinden, verehrtester Herr, denn als braver Nachbar würde ich doch manche angenehme Seite an Ihnen entdecken, die, zu Papier gebracht, sich sehr gut ausnehmen könnte. Gute Nachbarn werden wir übrigens diesen Winter hindurch wohl sein, teuerster Herr Wachholder! denn — Sie sehen gern aus dem Fenster, eine Eigentümlichkeit aller der Leute, mit welchen sich auf die eine oder die andere Weise leicht leben läßt. Guten Morgen!"

Um eine originelle Bekanntschaft reicher, kehrte ich zu meiner Chronik zurück, mit der Gewißheit, dem Meister Strobel von Zeit zu Zeit darin wieder zu begegnen.

Es ist heute Jahrestag. Ich werde die Erinnerung nicht los; sie verfolgt mich, wo ich gehe und stehe.

Es war ein eben so trüber, regenfarbiger Winternachmittag wie jetzt, als ich traurig dort drüben in jenem Fenster saß — vor langen Jahren — dort drüben in jenem Fenster, von welchem aus mir eben der Zeichner Strobel zunickt, und traurig hinaufblickte zu der grauen eintönigen Himmelsdecke. Die Gasse sah damals wohl nicht viel anders aus als heute; doch sind viele Gesichter, deren ich mich noch gar gut erinnere, verschwunden und haben andern Platz gemacht, und nur einzelne, wie zum Beispiel der alte Kesselschmied Marquart im Keller drunten, der heute wie vor so vielen Jahren lustig sein Eisen hämmert, haben sich erhalten in diesem ununterbrochenen Strome des Gehens und Kommens. Diese sind denn auch mit die Anhaltepunkte, an welche ich bei meinem Rückgedenken den stellenweis unterbrochenen Faden meiner Chronik wieder anknüpfe.

Einem Wässerchen will ich diese Chronik vergleichen, einem Wässerchen, welches sich aus dem Schoß der Erde mühevoll losringt und, anfangs t r ü b e, noch die Spuren seiner dunklen, schmerzvollen Geburtsstätte an sich trägt. Bald aber wird es in das helle Sonnenlicht sprudeln, Blumen werden sich in ihm spiegeln, Vögelchen werden ihre Schnäbel in ihm netzen. An dieser Stelle werdet ihr es fast zu verlieren glauben, an jener wird es fröhlich wieder hervorhüpfen. Es wird seine eigene Sprache reden in wagehalsigen Sprüngen über Felsen, im listigen Suchen und Finden der Auswege, — Gott bewahre es nur vor dem Verlaufen im Sande!

So fahre ich fort:

Es war, wie gesagt, ein trauriger unheimlicher Tag, aber nicht er war es, welcher damals so schwer auf meine Seele drückte. An jenem Tage sah ich von dem Fenster dort drüben die Fenster der Kammer meiner jetzigen Wohnung weit geöffnet trotz der Kälte, trotz dem Regen. Die weißen Vorhänge waren herabgelassen und an den Seiten befestigt, damit der Wind, welcher sie heftig hin und her bewegte, sie nicht abreiße.

Der Tod hatte seine finstere kalte Hand trennend auf ein glückliches Zusammenleben gelegt; der kleine Stuhl dort unter dem Efeugitter auf dem Fenstertritt vor dem Nähtischchen war leer geworden.

Marie Ralff war tot! — —

Ich sah von meinem Fenster aus hier eine Gestalt im Zimmer auf und ab gehen. Armer Franz! Armes kleines Kind! Armer — Johannes! — Sie war so lieblich, so jungfräulich-frauenhaft mit ihrem Kindchen im Arm!

Da hängt im Museum der Stadt ein kleines Madonnenbild, wo die „Unberührbare" den auf ihrem Schoß stehenden kleinen Jesus gar liebend-verwundert und mütterlich-stolz betrachtet. Dem Bilde glich s i e , die eben so blondlockig, eben so heilig, eben so schön war, und oft genug bleibe ich vor diesem Bilde, einem Werk des spanischen Meisters Morales, den seine Zeitgenossen el divino nannten, stehen, alter vergangener schöner Zeiten gedenkend.

O, ich liebte sie so, ich hatte so gelitten, als sie mich nur „Freund" und ihn, meinen Freund Franz Ralff „Geliebter" nannte. Und jetzt war sie tot; einsam hatte sie uns zurückgelassen! Der Abend sank tiefer herab, und die Dämmerung legte sich zwischen mich und das Drüben. Ich hielt es nicht mehr aus, ich mußte hinüber! Als ich eintrat, schritt Franz immer noch auf und ab; er schien mich nicht zu bemerken, und still setzte ich mich in den Winkel neben die Wiege, wo Martha die Wärterin über dem Kinde wachte, welches ruhig schlief und die kleinen Hände zum Mündchen hinauf gezogen hatte.

Ich weiß nicht, wie lange ich da gesessen habe, ich weiß von keinem meiner Gedanken in jener Nacht Rechenschaft zu geben. Die tiefe Stille, die auf der großen Stadt lag, ließ nur das Gefühl mich überkommen, als ob das Leben auch dieses zuckende, bewegte Herz eines ganzen großen Landes verlassen habe, als ob das leise Picken der Wanduhr das letzte verklingende Getön des Weltrades sei, und die ewige Stille nun binnen kurzem alles Leben zurückgeschlürft haben würde.

Das leise Weinen des Kindes neben mir erweckte mich endlich; Franz legte mir die Hand auf die Schulter und fiel dann plötzlich erschöpft auf einen Stuhl neben mir.

„Gute Nacht, Johannes," sagte er, den Kopf an meine Brust legend, „morgen wollen wir sie begraben!" —

Es waren die ersten Worte, die er an dem Tage sprach.

Am 3. Dezember.

Es war ein berühmter Dichter, welcher dies auf den Grabstein einer geliebten Abgeschiedenen setzte, er hatte treffliche, herzerschütternde Gesänge gesungen; h i e r wußte er nichts weiter als diese drei Worte, herzzerreißend wiederkehrend. Und jenes: Morgen! dämmerte. Das Leben der großen Stadt begann wieder seinen gewöhnlichen Gang; der Reichtum gähnte auf seinen Kissen, oder hatte auch wohl das Herz ebenso schwer als die Armut, die jetzt aus ihrem dunkeln Winkel huschte, um einen neuen Ring der Kette ihres Leidens, einen neuen Tag ihrem Dasein anzuschmieden. Die Gewerbe faßten ihr Handwerkszeug; die großen Maschinen begannen wieder zu hämmern und zu rauschen; die Wagen rollten in den Straßen, und der Taufzug begegnete dem Totenwagen; denn es war nicht die einzige Leiche drüben in der kleinen Kammer, welche in der menschenvollen Stadt im letzten Schlaf ausgestreckt lag.

Ich ging hinüber. Der Kesselschmied Marquart — er war damals noch jünger und kräftiger als heute — hatte sein Hämmern eingestellt und lehnte traurig in der niedrigen Tür, die in seine unterirdische Werkstatt hinabführt; er liebte die tote Marie so gut wie alle, die mit ihr je in Berührung gekommen waren. Hatte sie nicht für jeden fremden Schmerz eine Träne, für jede fremde Freude ein teilnehmendes Lächeln? War sie nicht in der dunkeln Sperlingsgasse wie jene sonnige, gute, kleine Fee, die überall wo sie hintrat, eine Blume aus dem Boden hervorrief?

Auf dem Hausflur standen flüsternde Frauen, die mir traurig, als ich vorüberging, zunickten, und auf einer Treppenstufe saß ein kleines schluchzendes Mädchen, eine zerbrochene Puppe im Schoß. O, ich weiß das alles noch! Und jetzt trat ich ein —

Da lag sie in ihrem weißen mit roten Schleifen besetzten Kleide, eine aufgeblühte Rose auf der Brust, in ihrem schwarzen Sarge; die einst so klaren und innigen Augen geschlossen, die ewige ernste Ruhe des Todes auf der Stirn! Franz fiel mir weinend um den Hals; junge Nachbarinnen in weißen Sonntagskleidern befestigten Guirlanden von Tannenzweigen und Immergrün, aus denen hier und da eine einsame Blume hervorschaute, um den schwarzen Schrein.

Ach, die Armut und der Winter erlaubten nicht, allzuviel:

„Süßes der Süßen"

zu streuen!

Der junge Tischler Rudolf unten aus dem Hause stand die Augen mit der Linken bedeckend, Hammer und Nägel in der Rechten zur Seite; seine junge Braut lehnte schluchzend das Haupt auf seine Schulter. O, ich weiß das alles, alles noch! — Einen letzten, langen langen Blick warf ich auf die schöne, bleiche, stille Gespielin meiner Kindheit, die Heilige meiner Jünglingsjahre, die Trösterin meines Mannesalters, dann hob ich leise Franz von ihrer Brust, über die er hingesunken war, auf, und führte ihn an die Wiege seines Kindes. — Rudolf der Tischler begann sein trauriges Werk. Unter dumpfen Hammerschlägen legte sich der Deckel über dies Reliquiarium eines Menschenlebens. Ein kalter Schauer überlief mich! Vale, vale cara Maria!

Die Träger kamen, hoben die leichte Last auf die Schultern und trugen sie die schmale enge Treppe hinab; die Frauen schluchzten, Kinderköpfe lugten verwundert ernst durch die Haustür und wichen scheu zur Seite, als der traurige Zug hinaustrat auf die Straße. Freunde und Bekannte hatten sich eingefunden, das Weib des Malers auf dem letzten Wege zu begleiten; der Kesselschmied zog das Mützchen ab und strich mit seiner schwarzen schwieligen Hand über die Augen. Den wie in einem bösen Traum gehenden Franz führend, schritt ich dem Bretterhäuschen nach, welches unser Liebstes barg. O, ich weiß das alles noch ganz genau. So ist das Menschenherz! Viele Jahre sind vorübergegangen seit jenem traurigen Tage, und heute noch erinnere ich mich an alle die finstern Gedanken, die damals durch meine Brust zogen, während ich so manche jüngere Freude vergessen habe!

Es lernt und sieht sich manches auf einem solchen Gange,

für den, welcher es versteht, auf den Gesichtern der Begegnenden und Nachschauenden zu lesen.

Sieh dort an der Ecke die arme mit Lumpen bekleidete Frau aus dem Volk, wie sie ihr Kind fester an sich drückt und flüstert: „Was sollte aus Dir werden, mein kleines Herz, wenn ich heute so still läge wie die, welche man da fortträgt."

Dort kommt eine elegante Equipage, Kutscher und Bediente in prächtiger Livree, mit Blumensträußen im Knopfloch. Bunte Hochzeitsbänder flattern an den Kopfgeschirren der Pferde; der junge vornehme Mann führt seine schöne Braut zur Trauung; ihr Auge trifft den Sarg, welcher langsam auf den Schultern der Träger daher schwankt, und die junge Verlobte birgt zitternd ihr juwelenblitzendes Haupt an der Brust neben ihr.

Sieh den Arbeiter, welcher dort das Beil sinken läßt und stier dem Zuge des Todes nachsieht. Schaffe weiter, Proletarier, auch dein Weib liegt zu Hause sterbend; schaffe weiter, du hast keine Zeit zu verlieren; der Tod ist schnell; aber du mußt schneller sein, Mann der Arbeit, wenn du sie in ihren letzten Stunden vor dem Hunger schützen willst.

Beugt das Haupt und tretet zur Seite, ihr kettenklirrenden Verbrecher! Der Tod zieht vorüber! Er wird auch euch einst von euren Ketten befreien!

Beugt das Haupt, ihr armen Geschöpfe der Nacht, der Tod zieht vorüber, und auch euch hebt er einst, den erborgten Flitterputz, den armen beschmutzten Körper, die Sünde der Gesellschaft euch abstreifend, rein und heilig empor aus der Dunkelheit, dem Schmutz und dem Elend.

Von dir, du Spötter mit dem faden Lächeln auf den Lippen, fordere ich nicht, daß du zur Seite tretest! Der Zug des Todes mag d i r ausweichen — du bist würdig, dein Leben doppelt und dreifach zu leben!

Es ist ein langer Weg aus der Mitte der großen Stadt bis zu dem Johanniskirchhofe draußen, und nie ist mir ein Weg so lang und doch zugleich so kurz vorgekommen. Ich dachte an den Verurteilten, welcher dem Richtplatz näher und näher kommt, welchem jede Minute eine Ewigkeit und der stundenlange Weg ein Augenblick ist. Ach wir armen Menschen, ist nicht das ganze Leben ein solcher Gang zum Richtplatz? Und doch freuen wir uns und jubeln über die Blumen am Wege und sehen in jedem Tautropfen, der in ihnen hängt, Himmel und Erde! Armes glückliches Menschenherz!

Die schweren, massigen Regenwolken wälzten sich dicht über der Erde weg, als wir aus dem Tor traten. Grau in grau Himmel und Erde! Grau in grau Herz und Welt!

Die Bäume streckten ihre leeren Äste wehmütig empor, eine Meise flog von Ast zu Ast vor dem Zuge her.

Und jetzt waren wir angelangt vor der Pforte des Friedhofes. Langsam wand der Zug sich den Weg entlang, an frischen und eingesunkenen Hügeln, stolzen Monumenten und dürftig naivem Putz vorüber, der Stelle zu, wo die Hülle der toten Marie ruhen sollte. Im folgenden Frühling machten wir einen hübschen lieblichen Ort daraus, wo die Goldregenbüsche ihre duftenden Trauben herabhängen ließen, und die Vögel in den Rosensträuchern zwitscherten, heute jedoch war's ringsumher gar traurig und unheimlich. Auf dem Grund der Grube, die unser Liebstes aufnehmen sollte, stand ein kleiner Sumpf Regenwasser, in welchem sich aber plötzlich eine lichte blaue Stelle, die oben am Himmel zwischen den ziehenden Wolken durchlugte, widerspiegelte. — — Ich habe nichts, nichts vergessen!

Und nun, ihr Männer, laßt den Sarg hinabgleiten; gebt der alten schaffenden Mutter Erde ihr schönes Kind zurück! Und nun, Franz, wirf drei Hände voll Erde auf die versinkende Welt deiner Freude! — Ergreift die Schaufeln, ihr Clowns, und vollendet euer Geschäft! Du alter rotnäsiger Bursch, bemühe dich nicht, ein wehmütiges

Gesicht zu ziehen, winke nur deinem Gefährten, daß er die Flasche bei Yaughan füllen lasse, und brumme dein altes Totengräberlied in den Bart!

Wie die Schollen dumpfer und dumpfer auf den Sarg poltern, und wie jeder Ton das arme Herz erzittern läßt in seinen tiefsten Tiefen! Wie das Auge sich anklammert an den letzten Schein des schwarzen Holzes, welcher durch die bedeckende Erde schimmert, bis endlich jede Spur verschwindet, die hinabgeworfene Erde nur noch Erde trifft, die Höhle sich allmählich füllt, und endlich der Hügel sich erhebt, der von nun an mit dem geliebten begrabenen Wesen in unsern Gedanken identisch ist!

Wunderliches Menschenvolk, so groß und so klein in demselben Augenblick! Welch eine Tragödie, welch ein Kampf, welch ein — Puppenspiel jedes Leben; von dem des Kindes, welches vergeblich nach der glänzenden Mondscheibe verlangt und verwelkt, ehe es das Wort „ich" aussprechen kann, bis zu dem des grübelnden Philosophen, welcher in dasselbe Wörtchen „ich" das Universum legt und zusammenbricht, ein körper- und geistesschwacher Greis, der kaum noch das Gefühl für Wärme und Kälte behalten hat.

Sieh um dich, Johannes: Verkehrt auf dem grauen Esel „Zeit" sitzend, reitet die Menschheit ihrem Ziele zu. Horch, wie lustig die Schellen und Glöckchen am Sattelschmuck klingen, den Kronen, Tiaren, phrygische Mützen — Männer- und Weiberkappen bilden. Welchem Ziel schleicht das graue Tier entgegen? Ist's das wiedergewonnene Paradies; ist's das Schafott? Die Reiterin kennt es nicht; sie will es nicht kennen! Das Gesicht dem zurückgelegten Wege, der dunkeln Vergangenheit zugewandt, lauscht sie den Glöckchen, mag das Tier über blumige Friedensauen traben oder durch das Blut der Schlachtfelder waten — sie lauscht und träumt! Ja sie träumt. Ein Traum ist das Leben der Menschheit, ein Traum ist das Leben des Individuums. Wie und wo wird das Erwachen sein?

Auf einem Berliner Friedhofe liegt über der Asche eines volkstümlichen Tonkünstlers, der auch viel erdulden mußte in seinem Leben, ein Stein, auf welchen eine Freundeshand geschrieben hat:

„Sein Lied war deutsch und deutsch sein Leid,
Sein Leben Kampf mit Not und Neid,
Das Leid flieht diesen Friedensort,
Der Kampf ist aus — das Lied tönt fort! —"

Ich lege die Feder nieder und wiederhole leise diese Zeilen. Ich kann heute nicht weiter schreiben.

Meinem Versprechen gemäß hatte ich der Redaktion der
Welken Blätter — Wimmerianischen Angedenkens —
einige der Federzeichnungen meines Nachbars Strobel
vorgeführt und konnte heute schon ihm seine Aufnahme
unter die Zeichner jenes witzigen Journals ankündigen. Da
ich seine Nase hinter den Scheiben seiner Fenster einigemal
hatte hervorlugen sehen, so machte ich mich auf den Weg
hinüber zu meiner alten Wohnung, in der ich, seit ich sie
verlassen, so viele ein- und ausziehen gesehen habe.

Die dicke Madame Pimpernell hat es aufgegeben, in
eigener, gewichtiger Person über den Vorräten des
Viktualienladens zu thronen, sie hat sich in einen
gewaltigen, ausgepolsterten Lehnstuhl hinter dem Ofen
zurückgezogen, von wo aus sie oft genug Dorette — auch
Rettchen genannt — ihre hagere Tochter und Nachfolgerin
im Reich der Käse, der Butter und der Milch zur
Verzweiflung zu bringen vermag.

Das mittlere Stockwerk des Hauses Nr. Elf steht
augenblicklich leer, indem nach heftigen Kämpfen mit dem
Parterre, treppauf und ab, die letzten Einwohnerinnen: die
verwitwete Geheime Oberfinanzsekretärin Trampel und ihre
zwei sehr ältlichen und sehr ansäuerlichen Töchter Heloise
und Klara — Öllise und Knarre von der Madame Pimpernell
genannt — abgezogen sind. Klavier, Harfe und Guitarre, die
drei Marterinstrumente der Sperlingsgasse, nahmen sie
glücklicherweise mit, sowie auch den edlen Kater Eros und
den ebenso edlen, schiefbeinigen Teckelhund Anteros —
Geschenke eines neuen und doch schon antediluvianischen
Abälards und Egmonts.

Wie oft bin ich einst diese steilen, engen Treppen hinauf-
und hinabgeklettert; jetzt einen Haufen Bücher unter dem

Arm, jetzt einen, wie ich glaubte, Furore machensollenden Leitartikel in der Rocktasche. Wie oft haben Mariens kleine Füße diese schmutzigen Stufen betreten, wenn sie mit Franz zu einem prächtigen Teeabend kam, dem ich immer mit so untadelhafter, hausväterlicher Würde vorzustehen wußte! Wie ich dann ihr helles Lachen, welches die feuchten, schwarzen Wände so fröhlich wiedergaben, erwartete; wie sie so reizend über meine verwilderte Stube spötteln konnte, und dann trotz aller meiner vorherigen stundenlangen Bemühungen erst durch fünf Minuten i h r e r Anwesenheit einen menschlichen Aufenthaltsort daraus machte! Wie ich dann später von der kleinen Quälerin gezwungen wurde, eine unglückliche Flöte hervorzuholen und steinerweichend eine klägliche Nachahmung von: „Guter Mond, du gehst so stille" hervorzujammern, bis Franz Einspruch tat, oder mir der Atem ausging, oder der kleinen Tyrannin die Kraft zu lachen! Es waren selige Abende, und ich nahm das Andenken daran mit hinauf bis zur Tür des Zeichners. Auf mein Anklopfen erschallte drinnen ein unverständliches Gebrumme; ich trat ein.

Manche Junggesellenwirtschaft habe ich kennen gelernt und kann viel vertragen in dieser Hinsicht. Den Doktor Wimmer, den Schauspieler Müller, den Musiker Schmidt, den Kandidaten der Theologie Schulze habe ich in ihrer Häuslichkeit gesehen, von meiner eigenen Unordnung nicht zu sprechen, aber eine solche malerische Liederlichkeit war mir doch noch nicht vorgekommen. Eine Phantasie, durch Justinus Kerners kakodämonischen Magnetismus in Verwirrung geraten, könnte, gefroren, versteinert, verkörpert in einem anatomischen Museum ausgestellt, keinen tolleren Anblick gewähren! Auf einem unaussprechlich lächerlichen Sofa, viel zu kurz für ihn, lag, den Kopf gegen die Tür, die Beine über die Lehne weg gestreckt, und die Füße gegen die Fensterwand gestemmt, der lange Zeichner, die Zigarre, die große Trostspenderin des neunzehnten Jahrhunderts, im Munde, ein Zeichenbrett auf den Knieen und den Stift in der Hand. Ein dreibeiniger Tisch, der ohne Zweifel einst unter die Quadrupeden gehört hatte, war an diese Lagerstatt gezogen; ein leerer Bierkrug, eine halbgeleerte Zigarrenkiste, Tuschnäpfchen, bekritzelte Papiere und andre heterogene Gegenstände bedeckten ihn im reizendsten Mischmasch. Drei verschiedengestaltete Stühle hatte die „Bude" aufzuweisen; der eine aus der Rokokozeit diente als Bibliothek, der andre, ein grünangestrichener Gartenstuhl, verrichtete die Dienste eines Kleiderschranks, und der dritte, von dessen früherem Polster nur noch der zerfetzte Überzug herabhing, war o horror! — zur — Toilette entwürdigt, und ein Waschnapf, Seife, Kämme und Zahnbürsten machten sich viel breiter auf ihm als irgend nötig war. In einer Ecke des Zimmers lehnte der Ziegenhainer des wanderlustigen Karikaturenzeichners, und auf ihm hing sein breitrandiger Filz. In einem andern Winkel hing eine umfangreiche Reisetasche, und die Wände entlang war mit Stecknadeln eine tolle Zeichnung neben der andern festgenagelt. Das Ganze ein wahres Pandämonium von Humor und skurrilem Unsinn.

„Ah, mein Nachbar!" rief Meister Strobel, bei meinem Eintritt von seinem Sofa aufspringend, mit der einen Hand das Zeichenbrett fortlehnend, mit der andern den wackelnden Tisch am Fallen hindernd. „Das ist sehr edel von Ihnen, daß Sie meinen Besuch so bald erwidern; seien Sie herzlich gegrüßt und nehmen Sie Platz!" Mit diesen Worten ließ er die Last des Bibliotheksstuhls zur Erde gleiten und zog ihn an den Tisch, von dem er ebenfalls die meisten Gegenstände an beliebige Plätze schleuderte.

„Ich bin gekommen, Ihnen mitzuteilen, Herr Strobel, daß Ihre Blätter großen Anklang bei der Redaktion der ‚Welken Blätter' gefunden haben, und daß dieselbe stolz sein wird, Sie unter ihre Mitarbeiter zu zählen."

„Sehr verbunden," sagte der Zeichner, der sich auf

mysteriöse Weise eben am Ofen beschäftigte, „bitte, nehmen Sie eine Zigarre und erlauben Sie mir, Ihnen eine Tasse Kaffee anzubieten."

Er sah und roch in einen sehr verdächtig aussehenden Topf, den er aus der Ofenröhre nahm. „O weh," rief er, während ich alle Heiligen des Kalenders anrief, „die Quelle ist versiecht!"

„Bitte, machen Sie keine Umstände, Ihre Zigarren sind ausgezeichnet!"

„Ja," sagte Strobel, sich nun wieder auf sein Sofa setzend, „das ist der einzige Luxus, den ich nicht entbehren könnte, und ich preise meinen Stern, der mich in einer Zeit geboren werden ließ, wo man die Redensart: Kein Vergnügen ohne die Damen —, in die jedenfalls passendere: Kein Vergnügen ohne eine Zigarre, umgeändert hat."

„Sind Sie ein solcher Weiberfeind?"

„Keineswegs; im Gegenteil, ich beuge mich ganz und gar dem französischen Wort: Ce que femme veut, Dieu le veut und ziehe — deshalb gerade, die nicht so anspruchsvolle Zigarre vor, die für uns glüht, ohne das Gleiche zu verlangen, die interessant ist, ohne interessiert sein zu wollen, und so weiter, und so weiter!"

„Sie sind wirklich ein echtes Kind unserer Zeit, die durch zu viele und zu verschiedenartige Anspannungen im ganzen bei dem einzelnen das Gehenlassen, die Athaumasie, die Apathie zur Gottheit gemacht hat."

„Puh," sagte der Zeichner, eine gewaltige Dampfwolke fortblasend, „ich konnt's mir denken, da sind wir schon in einem solchen Gespräche, wie sie alles Zusammenleben jetzt verbittern: übrigens ist unsere Zeit durchaus nicht apathisch, aber der einzelne fängt an, das wahre Prinzip herauszufinden, daß nämlich die Sache durch die Sache gehen muß. — Nicht jeder erste und taliter qualiter beste soll sich fähig glauben, den Wegweiser spielen zu können, den Arm ausstrecken und schreien: Holla, da lauft, dort geht der rechte Weg, dorthin liegt das Ziel!"

„Und die seitwärts abführenden Holzwege?..."

„Laufen alle der großen Straße wieder zu, nachdem sie an irgend einer schönen, merkwürdigen, lehrreichen Stelle vorübergeführt haben. Ich, der Fußwanderer, habe nie so viel Erfahrungen für den Geist, so viel Skizzen für meine Mappe heimgebracht, als wenn ich mich verirrt hatte."

„Sie müssen ein eigentümliches Leben geführt haben und führen!" sagte ich, den sonderbaren Menschen vor mir ansehend. Er strich mit der Hand über das sonnverbrannte, verschrumpfte Gesicht und lächelte.

„Ein Leben, das gern auf Irrwegen geht, ist stets eigentümlich!" sagte er. „Übrigens wird jeder Mensch mit irgend einer Eigentümlichkeit geboren, die, wenn man sie gewähren läßt — was gewöhnlich nicht geschieht — sich durch das ganze Leben zu ranken vermag, hier Blüten treibend, dort Stacheln ansetzend, dort — von außen gestochen — Galläpfel. Was mich betrifft, so bin ich von frühester Jugend auf mit der unwiderstehlichsten Neigung behaftet gewesen, mein Leben auf dem Rücken liegend hinzubringen und im Stehen und Gehen die Hände in die Hosentaschen zu stecken. Sie lächeln — aber was ich bin, bin ich dadurch geworden."

„Ich lächelte nur über die Richtigkeit Ihrer Bemerkung. Wir alle sind Sonntagskinder, in jedem liegt ein Keim der Fähigkeit, das Geistervolk zu belauschen, aber es ist freilich ein zarter Keim, und das Pflänzchen kommt nicht gut fort unter dem Staub der Heerstraße und dem Lärm des Marktes."

„Holla," rief der Zeichner, plötzlich aufspringend und nach dem Fenster eilend, „sehen Sie, welch ein Bild!"

In der Dachwohnung über der meinigen drüben hatte sich ein Fenster geöffnet. Die kleine Ballettänzerin, welche dort wohnt, ließ ihr hübsches Kindchen nach den leise herabsinkenden Schneeflocken greifen. Das Kind streckte die

Ärmchen aus und jubelte, wenn sich einer der großen weißen Sterne auf seine Händchen legte oder auf sein Näschen. Die arme, ohne die Schminke der Bühne so bleiche Mutter sah so glücklich aus, daß niemand in diesem Augenblick die traurige Geschichte des jungen Weibes geahnt hätte.

„Ich habe auf Ihrem Schreibtische Blätter gesehen mit der Überschrift: C h r o n i k d e r S p e r l i n g s g a s s e," sagte Strobel, „das Bild da drüben gehört hinein, wie es in meine Skizzenmappe gehört."

„In meinen Blättern würde es eine dunkle Seite bilden," antwortete ich, „und die Chronik hat deren genug. Wie wär's aber, wenn Sie Mitarbeiter dieser Chronik der Sperlingsgasse würden; Sie haben ein gar glückliches Auge!"

„Glauben Sie?" fragte der Karikaturenzeichner, welcher den Kleiderschrankstuhl an das Fenster gezogen hatte und emsig auf einem Papier kritzelte. „Sie wollen keine dunkeln Blätter; kennen Sie vielleicht die Geschichte jenes englischen Zerrbildzeichners, der vor dem Spiegel an seinem eigenen Gesichte die Fratzen der menschlichen Leidenschaften studierte?"

„Nein, ich kenne die Geschichte nicht, was ward mit ihm?"

„Er — schnitt sich den Hals ab," sagte der Zeichner dumpf, seine vollendete Skizze fortlegend.

Verwundert schaute ich auf. Das Gesicht Strobels hatte einen Ausdruck von Trübsinn angenommen, der mich fast erschreckte. Er sprach nicht weiter, und es trat eine Pause ein, während welcher drüben das Kind lachte und jubelte, und die Tänzerin den Spatzen, die sich zwitschernd auf die Dachrinne setzten, Brotkrumen streute. Ich sah, daß der Zeichner allein sein wollte und ging; der sonderbare Mensch begleitete mich bis zur Treppe. Dort sagte er, mir die Hand drückend und lächelnd:

„Ich will aber doch Mitarbeiter Ihrer Chronik werden, Signor!"

So endete mein erster Besuch bei dem Karikaturenzeichner Ulrich Strobel.

Es ist jetzt vollständig Winter geworden; der Schnee liegt zu hoch in den Straßen, als daß man den Schritt der verspäteten Fußgänger, das Rollen der Wagen hören könnte. Es ist tiefe Nacht.

Was ist das für ein bleiches, verfallenes Gesicht, welches da vor mir auftaucht? Ist das Franz — der lebensmutige, lebensglühende Franz Ralff, den ich einst kannte?

Drei Monate waren hingegangen, seit man die tote Marie zu ihrer stillen Ruhestätte hinausgetragen hatte. Ich saß neben meinem Freunde, der, auf die graugrundierte Leinwand vor ihm starrend, plötzlich begann:

„Höre, Johannes, ich muß Dir eine Geschichte erzählen. Es wird gut sein, daß Du sie kennst; auch könnte wohl der Fall eintreten, daß mein Kind sie erfahren müßte. Letzteres will ich dann Dir überlassen, Johannes.

Ich muß weit dazu ausholen, ich muß in unsere früheste Jugendzeit zurückgehen, wo wir glückliche, ahnungslose Kinder waren. O Johannes, laß mich sie zurückrufen, diese seligen Tage! Klingt es Dir nicht auch bei jeder Erinnerung daran, wie das Läuten jener im Wald verlorenen Kirche? O, mein Jugend-Waldleben! — Wie ich es jetzt vor mir sehe, dieses alte, braune, verfallende Jägerhaus, mitten in der grünen, duftenden Einsamkeit! Vorbei plätschernd der klare Bach, der dann tiefer im Walde den stillen Teich bildet, welchen die Sage so wundersam umschlungen hat! Wie oft bin ich, das Kinderherz voll geheimnisvollen Bebens, an funkelnden Mondscheinabenden, wenn die Bewohner des Jägerhauses vor der Tür saßen und der alte Burchhard das Waldhorn — Du weißt wie schön — blies, dem durch das Dunkel glitzernden Bach nachgeschlichen, dem stillen Wasser zu, das Treiben der Nixen und Elfen zu belauschen.

Wie fuhr ich zusammen, wenn eine Eidechse im Grase raschelte, oder ein Nachtvogel schwerfälligen Flugs über den glänzenden Spiegel des Teichs hinflatterte, indem ich dachte, jetzt müsse das wundersame Geheimnis ans Licht treten und sein Wesen und Weben beginnen um die volle Scheibe des Mondes, die in der klaren, stillen Flut widergespiegelt lag. Erst später erfuhr ich, woher der tiefe, geheime Zug in mir nach diesem Waldwasser stamme.

Wie oft bin ich, wenn der Sturm in den Bäumen rauschte, hinaufgestiegen in eine hohe Tanne, um mich, die Arme fest um den rauhen, harzigen Stamm geschlungen, das Herz gepreßt von Angst und unsäglicher Seligkeit — hin und her schleudern zu lassen vom Winde.

Und dann, wenn draußen die heiße Julisonne, die in diese Waldnacht nur vorsichtig neugierig hinein zu lugen wagte, auf der Welt lag: welch ein Träumen war das! Welch eine Wonne war's, im Grase zu liegen, während der Rauhbach an meiner Seite rauschte und murmelte und seine Kiesel langsam weiterschob, während die Sonnenlichter an den schlanken Buchenstämmen oder über den Wellchen des Baches spielten und zitterten; die Wasserjungfer über mich hinschoß; ringsumher die Glockenblumen ihre blauen Kelche der Erde zuneigten, und der stolze Fingerhut sich trotzend in seiner Pracht erhob, als spreche er jeden verirrten Strahl der Sonne für sein Eigentum an.

Welche Winterabende waren das, wenn ich dem alten weißbärtigen Mann, den ich Oheim nannte, auf dem Knie saß, mit den Quasten seiner kurzen Jägerpfeife spielte und seinen Geschichten und Sagen lauschte, während die Hunde zu unsern Füßen schliefen und träumten und nur von Zeit zu Zeit aufhorchten, wenn der alte Karo draußen anschlug.

Es war ein glückliches Leben, dieses Leben im Walde, und es ist von großem Einfluß auf meine spätere, künstlerische Entwickelung gewesen. Noch gar gut erinnere ich mich des Tages, an welchem ich mein erstes Kunstwerk an der

Stalltür zustande brachte. Es war ein Porträt unseres alten Burchhards und seines treuen Begleiters, des kleinen Dachshundes, der die Eigentümlichkeit hatte, gar keinen Namen zu besitzen, sondern nur auf einen besonderen Pfiff seines Herrn hörte.

Der folgende Zeitraum meiner Geschichte, Johannes, ist Dir fast so gut als mir bekannt, und ich könnte schneller darüber weggehen, wenn es mich nicht überall, wo i h r Bild auftaucht, so gewaltig festhielte.

Wie viele heimliche Tränen — der Oheim liebte das Weinen nicht — wischte ich mir aus den Augen, als der Tag kam, an welchem ich meiner grünen Waldesnacht Ade sagen mußte. Gern hätte ich mich an jeden Baum, an jeden Strauch, an welchem der Weg aus dem Walde heraus vorbeiführte, festgeklammert. Wie unermeßlich weit und groß kam mir die Welt vor. Wie eine Eule, die man aus ihrer dunkeln Höhle in den Sonnenschein gezerrt hat, schien ich mir anfangs in Ulfelden. Ich war unglücklich, wie ein Kind von zwölf Jahren es nur sein kann, ehe ich mich in das ungewohnte Leben hineinfand.

Wie deutlich steht mir der erste Abend in unserer Kindheitsstadt noch vor dem Gedächtnis! Der Oheim war zurückgekehrt in sein einsames Waldhaus, die Frau Rektorin wirtschaftete in der Küche, der alte Rektor saß oben in seinem kleinen Studierstübchen über dem Tacitus, seinem Lieblingsschriftsteller, wie ich später erfuhr, und — ich kauerte einsam mit verquollenen tränenden Augen auf der grünen Bank vor dem Hause und blickte in dumpfem Hinbrüten den vorbeischießenden Schwalben nach: als auf einmal ein kleines, etwas schmutziges Händchen mir einen angebissenen rotbäckigen Apfel hinhielt, ein Lockenköpfchen sich unter meine Nase drängte und ein feines Stimmchen sagte:

„Nicht weinen ... Junge ... Mama auch Eierkuchen backen."

Ich hatte damals große Lust, die kleine Trösterin zurückzustoßen, sie ließ sich aber nicht abweisen, und als ich über ihr Mitgefühl stärker zu schluchzen anfing, fing auch sie an zu weinen. Unter diesem Tränenstrom wurden wir von dem alten Rektor überrascht, welcher plötzlich in seinem rotgeblümten Schlafrock — ein Porträt von ihm gibt es dort unter meinen Skizzen — und mit der langen Pfeife im Munde hinter uns stand.

„Nun, kleines Volk," sagte er lächelnd, „das ist ja eine prächtige Freundschaft zwischen Euch, die so mit Heulen anfängt! Wer hat denn dem andern etwas zuleide getan?"

Diese diplomatische Wendung der Sache brachte auf einmal meinen Tränenstrom zum Stehen, und auch die kleine Marie lächelte sogleich wieder durch die hellen Tropfen, die ihr über beide Backen rollten.

„Wird schon gehen, wird schon gehen!" brummte der alte Scholarch, fuhr mit der Hand über meine Haare und ging dann zurück ins Haus, um seiner Frau beim Eierkuchenbacken zuzusehen.

Die kleine Marie aber führte mich zu ihrem Garten im Winkel, grub eine keimende Bohne hervor, zeigte sie mir jubelnd und versprach mir ein ähnliches Feld für meine Tätigkeit. Dann zogen wir uns in die Geisblattlaube zurück, wo der Tisch gedeckt war. Da fand ich neben dem Nähzeuge der Frau Rektorin ein Buch auf der Bank — ein Bilderbuch, welches mich den Wald, das Jägerhaus, den Ohm, den alten Burchhard, mein ganzes Heimweh zuerst vergessen ließ. Es war ein zerlesener und zerblätterter Band des welt- und kinderbekannten Bertuchschen Werks! Welch eine neue Welt ging mir da auf! — Und die kleine Marie lehnte neben mir; lachte, erklärte und kitzelte mich mit Strohhalmen; dann kam die Frau Rektorin mit dem Eierkuchen, und der Rektor verließ seinen Tacitus; die Glocken der alten Stadtkirche läuteten den morgenden Sonntag ein; — ich hatte mich gefunden! — Erinnerst Du Dich wohl noch, Hans, dieses Sonntagmorgens, der auf meinen ersten Tag in Ulfelden folgte? Weißt Du wohl noch, wie Du mir in der Kirche zunicktest, und beim Nachhausegehen unsere Freundschaft ihren Anfang nahm durch eine Handvoll Kletten, welche Du mir in die Haare warfest? Weißt Du wohl, Johannes, wie ich aus dem blöden Waldjungen zu dem tollsten, verwegensten Schlingel der ganzen Gegend heranwuchs und nur duckte, wenn mich die kleine Marie aus ihren großen Augen so traurig ansah? Es war eine prächtige Zeit, — und das Latein war durchaus keine so böse Krankheit wie das Scharlachfriesel; — ich hatte diese Vorstellung aus dem Walde mitgebracht — sondern höchstens ein leichter Schnupfen, der bald wieder auszuschwitzen war.

Dann kamen die Zeichenstunden bei dem alten Maler Gruner, der mir zuerst die Welt des Schönen deutlicher vor die Augen legte, der in seiner trockenen kaustischen Weise das Leben, welches er sehr wohl kannte, an mir vorübergleiten ließ, daß ich verlangte und mich hinaussehnte in diese so schön blühende Welt, wo man nur die Hand auszustrecken brauchte, um Glück, Ruhm und Reichtum zu erfassen.

Den Wald hatte ich fast ganz vergessen; ich sehnte mich gar nicht zurück; hinaus wollte ich in die Welt, Maler werden, tausend Träume hatte ich, und in allen schwebte Mariens holdes Bild!

Da wurde ich eines Tags zurückgerufen in das einsame Jägerhaus und fand meinen alten Oheim auf dem Sterbebette. Eine Erkältung, die er sich zugezogen und nicht beachtete, hatte bei seinem vorgerückten Alter eine tödliche Wendung genommen. Alle ärztliche und geistliche Hilfe verschmähend, hatte er nur nach mir verlangt. Eine schreckliche Enthüllung erwartete mich am Bette des Mannes, an dessen Seite ich nur den alten Burchhard traf, während die Waldgrete, die bejahrte Magd des Försterhauses, ab- und zuging.

Als ich — jetzt ein neunzehnjähriger Jüngling — an das Lager meines Ohms trat, sah mich dieser, eben aus einem kurzen unruhigen Schlummer erwachend, starr an.

„Er gleicht ihm immer mehr,“ murmelte er. Als ich mich über ihn beugte, küßte mich der alte strenge Mann und sagte mit erloschener Stimme:

„Franz, — Du siehst, es ist vorbei mit mir: ich brauche den Jagdranzen nicht zu füllen und nicht für Schießzeug zu sorgen für den Gang, den ich jetzt gehen muß. Heule nicht, Junge; weißt, ich hab's nie leiden können. Ist Weibermode! Ich möchte Dir aber noch etwas sagen, eh ich abmarschiere vom Anstand; kannst dann daraus machen, was Du willst. Setze Dich und höre zu! Schau, da hinten,“ — der Alte zeigte durch das offene Fenster, in welches grüne Zweige schlugen, und die Abendsonne zitterte, während ein Buchfink davor sang; — „da hinten hinter dem Walde kommst Du in die große Ebene, wo Du tagelang gehen kannst, ohne einen Berg zu sehen. Die Leute nennen's ein schönes Land; — mag sein, hab's aber nie leiden können, und mag den Wald lieber. Einen Hügel gibt's aber doch da, mitten in dem flachen Lande und den Kornfeldern, mit einem Schloß, Seeburg geheißen, und am Fuße des Hügels ein Dorf desselbigen Namens. Daher stammt unsere Familie, da bin ich geboren, da ist auch Burchhard her."

Der Letzterwähnte nickte hier mit dem Kopfe und brummte vor sich hin: „Beides ne gute Art, die Ralffs und Burchhards!"

„Hast recht, Alter," fuhr mein Oheim fort, „hoffe auch, der da (er wies auf mich) soll nicht aus der Art schlagen, wenn er gleich unrecht Blut in den Adern hat. Höre weiter, Junge: War ein stolz Volk, die Grafen Seeburg, die da seit alter Zeit auf dem Neste saßen. Hab's gelesen in alten Chroniken, wie sie die Leute plagten und die Kaufleute fingen. Trieb's auch die neue Art, die damals in seidenen Strümpfen und Schuhen ging, nicht viel besser, wenn auch anders. Halt's Maul, Burchhard, weiß, was Du sagen willst. — Ich war damals ein schmucker Bursch, wußte trefflich mit der Büchse umzugehen, und war Andreas Ralff bekannt als Meisterschütze auf Kirchweihen und Vogelschießen weit und breit, wie Deine Mutter, Franz, meine Schwester, als das schönste Mädchen im Lande. Sagte mir damals der junge Graf, der eben von Reisen zurückkam: ‚Hör', Andreas, tritt in meinen Dienst, will Dich gut halten, und soll es Dein Schaden nicht sein.' Da faßte mich der Satan, daß ich's für mein Glück hielt und einschlug."

Der Alte stöhnte hier laut auf und barg den Kopf in den Kissen, während Burchhard aufstand und leise eine Jägerweise aus dem Fenster pfiff. Ich beschwor den Ohm, seine Erzählung abzubrechen und zu verschieben.

„Hab das nie getan," sagte der alte eiserne Mann, „ist nicht rechte Jägermanier, eine Kreatur angeschossen umherlaufen zu lassen. Reine Büchse, reiner Schuß. Schuf's der böse Feind, daß der Graf die Luise zu sehen kriegte, und — Burchhard, erzähl's dem Jungen weiter ..."

Dieser, der wieder neben dem Bette seines alten Freundes saß, nickte finster und fuhr fort in der unterbrochenen Erzählung, den Blick auf den Boden geheftet.

„Waren wir zusammen aufgewachsen, und hatte ich sie gar lieb die Luise mit ihren schwarzen Haaren und schwarzen Augen. Hatte aber nicht den Mut, ihr zu sagen: Herzlieb, wolltest Du mich nicht zum Manne nehmen? Wollte Dich auch auf'n Händen tragen! Stand ich also immer und guckte ihr nach auf den Kirchwegen und allenthalben, wenn sie durch das Dorf hüpfte, lachend und schäkernd, flink wie ein Reh, lustig wie eine Amsel! ..."

Der Kranke seufzte tief auf, Burchhard legte ihm das Kopfkissen zurecht und schwieg dann, von seiner Erinnerung überwältigt, einige Minuten; während draußen die Vögel gar lustig zwitscherten, und die Sonne immer glühender dem Untergange zusank.

Plötzlich fuhr der Erzähler fast barsch auf:

„Was ist da weiter zu berichten! War sie ein jung Blut, und hatte ihr der Pastor mehr Gutes als Böses von den Menschen erzählt ... Wurde Andreas in den Wald geschickt auf Antrieb des Grafen; jubelte er mächtig, denn von je war's sein Wunsch gewesen, ein Jägersmann zu sein, und zog er sogleich fort von Seeburg, das alte verfallene Haus, so man ihm gab, instand zu setzen, daß die Luise nachfolgen könne. War ich damals nicht daheim, sondern im fremden Franzosenland, wo das Volk der Plackerei und Adelswirtschaft müde geworden war und reinen Tisch machte; schlug ich mich herum in der Champagne in dem Regiment Weimar-Kürassiere, bis der Herzog von Braunschweig und die Preußen und alle retirieren mußten durch Dreck und Regen. Kam ich zurück auf Urlaub, putzte den Staub von den hohen Stiefeln, rieb den Harnisch so blank als möglich, setzte den Dreimaster verwegen aufs Ohr und faßte mir ein Herz — war ich nicht Wachtmeister in der sechsten Schwadron? — meinen heimlichen Schatz zu bitten um seine hübsche weiße Hand. Sahen mich die Leute so sonderbar an, als ich durch das Dorf schritt dem kleinen Häusel zu, wo mein Schatz wohnte, und begegnete mir auch der Kastellan vom Schloß, der mich nicht leiden konnte, und grinzte er mich so höhnisch an, daß ich den Pallasch fester faßte und einen welschen Fluch brummte. Ahnte ich aber nichts und schob alles auf die Verwunderung über mein martialisch Ansehen und schritt mit einem Herzen, das halb freudig, halb furchtsam klopfte, der kleinen Türe in dem Zaune zu, der das Ralffsche Haus umgab. Hörte ich aus dem kleinen Stübchen eine Stimme singen, die mir gar fremd und doch gar bekannt vorkam. Sang die Stimme immer nur den Anfang eines alten Liedes:

,Es trägt mein Lieb ein schwarzes Kleid,
Darunter trägt sie groß Herzeleid
In ihren jungen Tagen ...'

Nahm ich den Hut ab und trat in die Hausflur: Grüß Gott, Jungfer Lieschen, bin zurück aus Franzosenland, — wollte ich sagen, sprach aber kein Wort, sondern fiel mir der Hut zur Erde, und mußte ich mich am Pfosten halten, um nicht selbst zu fallen. Da saß ein bleiches Wesen mit eingefallenen Wangen im Winkel, hatte die Hände im Schoß gefaltet und zitterte, als ob ein heftiger Frost es schüttle.

,Luise, Luise!' schrie ich auf, in die Knie vor ihr stürzend, in unmenschlicher Angst.

Die Gestalt erhob sich, kam schwankend auf mich zu und sagte, indem sie mit eiskalter Hand mir über die Stirne strich:

,Ei, mein schön's Lieb, bist zurück aus fremdem Land? Hab lange auf dich gewartet, mein blankes Herz!'

Schlug mir das Herz, daß mir der Harnisch zu springen drohte, den betastete sie, und über dessen Glanz schien sie sich zu freuen.

Was weiter vorging, weiß ich nicht; noch eine Zeitlang hörte ich den Gesang wie aus weiter Ferne:

,Es trägt mein Lieb ein schwarzes Kleid,
Darunter trägt sie groß Herzeleid'

— dann vergingen mir die Sinne, — das war meine Heimkehr aus dem Franzosenkrieg. Ich erwachte am Abend in meinem eigenen Häuschen, das ich vermietet hatte, und die alte Frau, die damals drinnen wohnte, saß neben mir. Glaubte ich geträumt zu haben, — einen bösen, bösen Traum; besann mich erst allmählich wieder, und fügte es Gott, daß ich weinen konnte. Erzählte mir die gute Frau den Eingang und Ausgang des Leidens, und schaute ich nach meinen Pistolen, den bübischen Grafen hinzuschicken vor Gottes Richterstuhl; erfuhr aber, daß er auf und davon sei in ferne Länder; habe es ihn nicht mehr rasten und ruhen lassen, und sei er auf einmal spurlos verschwunden gewesen, ohne über sein Verbleiben etwas zu hinterlassen ..."

„Und hat ihn Gott davor behütet, uns vor die Augen zu kommen," fiel mein Oheim mit abgewandtem Gesicht ein.

„Schrieb ich dem Andreas am andern Morgen das Geschehene, denn er wußte noch nichts davon; es war ein feiges Volk, so ihm auf vier Meilen Weges nichts vermeldet hatte."

Der Kranke im Bett stöhnte, als ob ihm das Herz zerbreche, während ich schwindelnd und wortlos dasaß ...

„Verkauften wir unsere Liegenschaften und brachten wir die Luise und Dich, Franz, ihr kleines Kind, hierher in den grünen Wald, allwo uns des Fürsten Durchlaucht einen Unterschlupf gab. Die Luise war immer still vor sich hin und ward immer stiller; sie sang nicht mehr ihre alten Liederverse und saß am liebsten in der Sonne und hielt ihre armen mageren Finger gegen das Sonnenlicht. Dann lachte sie wohl und sagte:

‚Noch immer, — noch immer, — wie es rinnt, rinnt!'

Und eines Morgens — — — Ja, wie war's denn, was ich einmal im Franzosenland von einem den Offizieren vorlesen hörte, als ich Wache vor dem Zelt stand. Ich glaube, Herr Goethe oder so nannten sie ihn, der es las (er zog mit des Herzogs Durchlaucht) und es handelte von einer dänischen Prinzessin, die wahnsinnig wurde, weil ihr Liebster sich wahnsinnig gestellt hatte ..."

„Bleib bei der Stange, Burchhard," rief mein Oheim plötzlich, sich aufrichtend, — „eines Morgens lag sie am Rande des Hungerteiches ertrunken im Wasser!"

Laut aufschreiend stürzte ich auf die Knie und verbarg den Kopf in dem Kissen des alten sterbenden Mannes. Dieser saß jetzt auf den Ellenbogen gelehnt aufrecht, unterstützt von der weinenden Waldgrete, seine Augen funkelten; er legte mir die Hand auf den Kopf und sagte leise:

„Er war jünger als Burchhard und ich; er wird leben; — — — such ihn!"

Damit sank er erschöpft zurück, während ich betäubt liegen blieb.

Endlich legte mir der alte Burchhard die Hand auf die Schulter und führte mich hinaus.

„Ich will Dir ein Wahrzeichen geben," sagte er, als wir unter den grünen Bäumen waren, die auf jene Tragödie ebenso grün und lustig herabgesehen hatten. Wieder einmal folgte ich dem Laufe des Baches durch die freudige Wildnis. Mit welchen Gefühlen?! — Jetzt wußte ich, woher der tiefinnere Zug nach dem stillen Waldteiche in mir kam! Da lag die klare Fläche in der Abendglut vor uns, der leise Wind flüsterte in den Binsen, schlug die gelben Irisglocken aneinander und schaukelte die auf ihren breiten saftigen Blättern schwimmenden Wasserrosen; das war alles so friedlich, so heimlich, so schön, und doch — welch unnennbares Grauen gewährte mir der Anblick!

„Als ich sie da fand," sagte Burchhard, „hielt sie die eine Hand fest zu, und das Gold eines Ringes schimmerte durch die starren Finger. Komm mit!"

Der Alte führte mich seitab in den Wald, wo ein Stein mit einem Kreuz bezeichnet im Moose lag. Er kniete nieder, hob ihn weg und wühlte eine Zeitlang in der Erde.

„Da!" rief er plötzlich und schleuderte den kleinen goldenen Reif, als habe er eine Schlange berührt, ins Gras. Es war auch eine Schlange, die einen wappengeschmückten Rubin mit Kopf und Schweifende umschlang. Du wirst ihn in diesem Kästchen finden, Johannes!

An jenem Abend noch starb mein Oheim, und ich führte seine Leiche, wie Du weißt, Johannes, nach Ulfelden. Ich weiß nicht, der Tod des alten Mannes erschien mir als gleichgültig im Vergleich mit dem Schrecklichen, welches mir enthüllt war. — Es war übrigens ein seltsamer Zug; wir hatten den schwarzen Sarg auf einen niedern Wagen, mit Zweigen und Waldblumen geschmückt, gestellt; die Holzhauer mit ihren Äxten, die umwohnenden Köhler mit ihren Schürstangen gaben ihm das Geleit. Dicht hinter dem Sarge schritt der alte Burchhard, die Büchse und das Waldhorn über der Schulter, die Hunde um ihn her. Von Zeit zu Zeit blies er eine lustige schmetternde Jägerweise, welche er dann ergreifend und seltsam in einen Choral übergehen ließ. Unter den letzten Bäumen hielt er an, die Holzhauer und Köhler um ihn her; noch einmal blies er einen fröhlichen Jagdgruß, dann drückte er mir schweigend die Hand und sagte dumpf: Lebe wohl, Franz Ralff! und schritt langsam in den Wald zurück, und immer ferner hörte ich die Töne seines Hornes verklingen. Der Ohm wurde auf dem Ulfeldener Kirchhof, dicht neben seiner Schwester, meiner Mutter, begraben. Den alten Burchhard habe ich nicht wieder gesehen; ich hielt's nun gar nicht mehr aus in der engen Welt um mich her, ich ging nach Italien. Burchhard aber zog nach dem Harz, wo Verwandte von ihm lebten, und wo er auch bald gestorben ist.

Das, Johannes, ist d e r Teil meiner Geschichte, welchen selbst Du, mein F r e u n d, nicht kanntest. Ich überlasse Dir nun, welche Anwendung Du davon einst für mein Kind wirst machen können; von j e n e m Mann habe ich nie eine Spur entdecken können. Versunken und vergessen! Das Schloß Seeburg ist jetzt eine Fabrik!"

Da liegt das alte vergilbte Heft vor mir, aus welchem ich diese Bogen der Chronik der Sperlingsgasse abgeschrieben habe. Lange saß ich noch an jenem Tage neben meinem Freunde; er sprach viel von seinem Tode und lächelte oft trübe vor sich hin. Während seiner Erzählung hatte er mit der Reißkohle die Umrisse eines Kopfes auf der Leinwand vor ihm gezogen. „D a s Bild male ich Dir erst noch, Johannes," sagte er. Ich kannte die milden Züge zu wohl, um sie nicht selbst in diesen leichten Linien zu erkennen.

Und so geschah es! Je heller und sonniger die Farben auf der Leinwand aufblühten, je lieblicher der Lockenkopf Mariens aus dem Grau auftauchte, desto bleicher wurden die Wangen meines Freundes, und eines Morgens — war er ihr hinabgefolgt und hatte sein kleines Kind und seinen Freund allein zurückgelassen.

Have, pia anima!

Weihnachten! — Welch ein prächtiges Wort! — Immer höher türmt sich der Schnee in den Straßen; immer länger werden die Eiszapfen an den Dachtraufen; immer schwerer tauen am Morgen die gefrorenen Fensterscheiben auf! Ach in vielen armen Wohnungen tun sie es gar nicht mehr. — Hinter den meisten Fenstern lugen erwartungsvolle Kindergesichter hervor; da und dort liegt auf der weißen Decke des Pflasters ein verlorner Tannenzweig. Es wird viel Goldschaum verkauft, und bedeckte Platten von Eisenblech, die vorbeigetragen werden, verbreiten einen wundervollen Duft.

„Was ist ein echter Hamburger Seelöwe?" fragte Strobel, der bei mir eintrat und beim Abnehmen des Hutes ein Miniaturschneegestöber hervorbrachte.

„Ein Hamburger Seelöwe?" fragte ich verwundert. „Doch nicht etwa ein Mitglied des Rats der Oberalten?"

„Beinahe!" lachte der Zeichner. „Ein Hamburger Seelöwe ist eine Hasenpfote, auf welche oben ein menschenähnliches Gesicht geleimt ist. Ein solches Individuum versteht an einem Tischrande gar anmutige Bewegungen zu machen. Sehen Sie hier!"

Dabei zog er den Gegenstand unseres Gesprächs hervor, hing ihn an meinen Schreibtisch und brachte ihn durch eine Art Pendel in Bewegung.

„Ist das nicht eine wundervolle Erfindung?"

„Prächtig," sagte ich, „in meiner Jugend brachte man aber denselben Effekt durch den abgenagten Brustknochen eines Gänsebratens, in welchen man eine Gabel steckte, hervor; aber die Kultur muß ja fortschreiten."

„Ja, die Kultur schreitet fort!" seufzte der Zeichner. „Sogar die einfachen Tannen machen allmählich diesen Pyramiden von bunten Papierschnitzeln Platz. Papier, Papier überall! Aber was ich sagen wollte: wäre es nicht eigentlich die Pflicht zweier Mitarbeiter der ‚Welken Blätter‘, jetzt auf die Weihnachtswanderung zu gehen?"

„Auch ich wollte Sie eben dazu auffordern," sagte ich.

„Vorwärts!" rief Strobel und stülpte seinen Filz wieder auf, während ich meinen Mantel und roten baumwollenen Regenschirm hervorsuchte.

Wir gingen. Den Hamburger Seelöwen ließen wir ruhig am Tische fortbaumeln, nachdem ihm Strobel noch einen letzten Stoß gegeben hatte. Zur Weihnachtszeit habe ich gern ein solches Spielzeug in der Nähe; erfreute sich doch auch der alt und grau gewordene Jean Paul zu solcher Zeit gern an dem Farbenduft einer hölzernen Kindertrompete.

Welch ein Gang war das, den ich mit dem tollen Karikaturenzeichner in der Dämmerung des Abends machte! In wie viel Keller- und andere Fenster mußte der Mensch gucken; in wie viel kleine frostgerötete Hände, die sich an den Ecken und aus den Torwegen uns entgegenstreckten, ließ er seine Viergroschenstücke gleiten! Welch ein Gang war das! Die Geister, die den alten Scrooge des Meisters Boz über die Weihnachtswelt führten, hätten mich nicht besser leiten können, als Herr Ulrich Strobel. Jetzt betrachteten wir die phantastische Ausstellung eines Ladens, jetzt die staunenden, verlangenden Gesichter davor; jetzt entdeckte Strobel eine neue Idee in der Anfertigung eines Spielzeugs, jetzt ich; es war wundervoll!

An der Ecke des Weihnachtsmarktes blieben wir stehen, in das fröhliche Getümmel, welches sich dort umhertrieb, hineinblickend. Im ununterbrochenen Zuge strömte das Volk an uns vorbei: Väter, auf jedem Arme und an jedem Rockschoß ein Kind; Handwerksgesellen mit dem Schatz, den sie aus der Küche der „Gnädigen" weggestohlen hatten; ehrliche, unbeschreiblich gutmütig und dumm lächelnde Infanteristen, feine, schmucke Garde-Schützen, schwere

Dragoner und „klobige" Artillerie. — Hier und da wanden sich junge Mädchen zierlich durch das Getümmel; jedes Alter, jeder Stand war vertreten, ja sogar die vornehmste Welt überschritt einmal ihre närrischen Grenzen und zeigte ihren Kindern die — Freude des Volks.

Der Zeichner war auf einmal sehr ernst geworden. „Sehen Sie," sagte er, „da strömt die Quelle, aus welcher die Kinderwelt ihr erstes Christentum schöpft. Nicht dadurch, daß man ihnen von Gott und so weiter Unverständliches vorräsoniert, sie Bibel- oder Gesangbuchverse auswendig lernen läßt; nicht dadurch, daß man sie — wo möglich in den Windeln — in die Kirche schleppt, legt man den Keim der wunderbaren Religion in ihre Herzen. An das Gewühl vor den Buden, an den grünen funkelnden Tannenbaum knüpft das junge Gemüt seine ersten, wahren — und was mehr sagen will, wahrhaft kindlichen Begriffe davon!"

Ich wollte eben darauf etwas erwidern, als plötzlich eine Gestalt in einen dunkeln Mantel gehüllt, ein Kind auf dem Arme tragend, an uns vorbeischlüpfen wollte. Ein Strahl der nächsten Gaslaterne fiel auf ihr Gesicht, es war die kleine Tänzerin aus der Sperlingsgasse. Ich freute mich über die Begegnung und rief sie an:

„Das ist prächtig, Fräulein Rosalie, daß wir Sie treffen. Vielleicht werden Sie uns erlauben, daß wir Sie begleiten; denn um die Mysterien eines Weihnachtsmarktes zu durchdringen, ist es jedenfalls nötig, ein Kind bei sich zu haben."

Die Tänzerin knixte und sagte: „O, Sie sind zu gütig, meine Herren; Alfred hat mir den ganzen Tag keine Ruhe gelassen, und da kein Theater ist, so mußte ich ihm doch die Herrlichkeit zeigen."

„Ja Mann," — sagte Alfred unter einer dicken Pudelmütze gar verwegen hervorschauend — „mitgehen!"

Ich stellte der Tänzerin den Nachbar Zeichner vor, und das vierblättrige Kleeblatt war bald in der Stimmung, die ein

Weihnachtsmarkt erfordert. Was für ein Talent, Kinder vor Entzücken außer sich zu bringen, entwickelte jetzt der Karikaturenzeichner. Er hatte der Mutter den dicken Bengel sogleich abgenommen, ließ ihn nun gar nicht aus dem Aufkreischen herauskommen und schleppte ihn hoch auf der Schulter durch das Gewühl voran. „O ich bin Ihnen so dankbar, so dankbar, Herr Wachholder," flüsterte die kleine Tänzerin, zu deren Beschützer ich mich sehr gravitätisch aufwarf.

„Liebes Kind," sagte ich, „ein paar solcher Junggesellen wie ich und mein Freund würden solche Abende wie dieser sehr übel zubringen, wenn nicht dann ausdrücklich eine Vorsehung über sie wachte. Sie sollen einmal sehen, wie prächtig wir heute Abend noch Weihnachten feiern werden; — hören Sie nur, wie Alfred jubelt; sehen Sie, wie stolz und glücklich er unter der Pickelhaube vorguckt, die ihm eben der Herr Strobel übergestülpt hat!"

Der Karikaturenzeichner hätte sich in diesem Augenblick sehr gut selbst abkonterfeien können — er tat es auch, aber später. Wundervoll sah er aus. Im Knopfloche baumelte ein gewaltiger Hampelmann, in der rechten Hand hatte er eine große Knarre, die er energisch schwenkte; während auf seinem linken Arm Alfred mit aller Macht auf eine Trommel paukte.

„Kleine Dame," sagte der Zeichner jetzt zu unserer Begleiterin, „stecken Sie mir doch einmal jene Tüte in die Rocktasche, ich komme nicht dazu! Heda, alter Wachholder," schrie er dann mich an, „gleiche ich nicht aufs Haar einer Kammerverhandlung? Rechts Geknarre, links Getrommel, und für das Fassen und Einsacken der begehrten Süßigkeiten weder Kraft noch Platz!"

„Mama, der Onkel aber mal rechter Onkel!" rief der Kleine entzückt von seiner Höhe herab, als Rosalie der Anforderung Strobels nachkam, und ich ebenfalls die Tasche mit allerlei füllte.

So ging es weiter, bis uns endlich die Kälte zu heftig wurde. Der Zeichner löste sich auf — wie er's nannte — und überlieferte mir die spielzeugbehangene Linke, behielt jedoch die Knarre in der Rechten, und nun ging's durch die menschen- und lichterfüllten Straßen nach Hause. Wie glänzte heute abend die alte dunkle Sperlingsgasse! Von den Kellern bis zum sechsten Stock, bis in die kleinste Dachstube war die Weihnachtszeit eingekehrt; freilich nicht allenthalben auf gleich „fröhliche, selige, gnadenbringende" Weise. Welch einen Abend feierten wir nun! Wir ließen unsere kleine Begleiterin natürlich nicht zu ihrem kaltgewordenen Stübchen hinaufsteigen. War ich nicht schon auf der Universität meines famosen Punschmachens wegen berühmt gewesen? (eine Kunst, die mir mein Vater mit auf den Lebensweg gegeben hatte). Der Karikaturenzeichner holte einen Tannenzweig, den er auf der Straße gefunden hatte, hervor und hielt ihn ins Licht.

„Das ist der wahre Weihnachtsduft," sagte er, „und in
Ermangelung eines Bessern muß man sich zu helfen
wissen."

Horch! was trappelt da draußen auf einmal auf der

Treppe? Ein leises Kichern erschallt auf dem Vorsaal und scheint noch eine Treppe höher steigen zu wollen. „Zu mir?" sagt Rosalie und springt verwundert nach der Tür.

„Ach, da ist sie?!" schallt es draußen, und auch ich stecke meinen Kopf heraus.

„Guten Abend, alter Herr! Guten Abend, Rosalie! Guten Abend, Röschen!" erschallt ein Chor heller lustiger Stimmen.

„Wo ist Alfred, wir bringen ihm einen Weihnachtsbaum!"

„Hurra, das ist's, was wir eben brauchen!" schreit der Zeichner, seine Knarre schwingend. „Schönen guten Abend, meine Damen, und fröhliche Weihnachten!"

Aus dunkeln Mänteln und Schals und Pelzkragen entwickelt sich jetzt ein halbes Dutzend kleiner Theaterfeen, die alle jubelnd und lachend meine Stube füllen, und — auf einmal alle ein verschiedenes Musikinstrument hervorholen, welches sie auf dem Weihnachtsmarkt erstanden haben. Ein Heidenlärm bricht los; das knarrt und quiekt und plärrt und klappert, daß die Wände widerhallen, und Rosalie, welche beschwörend von einer der kleinen Ratten zur andern läuft, zuletzt die Ohren zuhaltend in dem fernsten Winkel sich verkriecht.

Endlich legt sich der Skandal mit dem ausgehenden Atem und der ausgehenden Kraft des Karikaturenzeichners, der vor Wonne über das Pandämonium kaum noch seine Knarre schwingen kann.

Welch ein Punsch war das! welche Gesundheiten wurden ausgebracht! welche Geschichten wurden erzählt! Vom Souffleur Flüstervogel bis zum Ballettmeister Spolpato, ja bis zu Seiner Exzellenz dem Herrn Intendanten hinauf.

Heute abend malte Strobel keine Karikaturen, aber s i c h selbst machte er oft genug zu einer. Beim Versuch, sich auf einer mit dem Halse auf der Erde stehenden Flasche sitzend zu drehen, beim Zuckerreiben, beim Versuch, den glimmenden Docht eines ausgeputzten Wachslichts wieder anzublasen und bei andern Kunststücken.

Alfred, der durch Unterlegung von Pfuffendorfs und Bayles schweinslederner Gelehrsamkeit und durch Auftürmung verschiedener dickbändiger Erziehungstheorien dazu gebracht war, neben seiner kleinen Mutter sitzend, über den Tisch blicken zu können, jubelte mit, bis ihm die Augen zufielen, und er auf meinem Sofa ein- und weiterschlief bis elf Uhr, wo das Fest endete, die kleinen Gäste wieder in ihre Mäntel krochen, mich für einen „gottvollen alten Herrn" erklärten, Röschen küßten und nach einem vielstimmigen „gute Nacht" die Treppe hinabtrippelten. Darauf trug Strobel den schlafenden Alfred eine Treppe höher (wozu ich leuchtete) und — auch dieser Weihnachtsabend der Sperlingsgasse war vorbei.

Neujahrstag! — Ich habe einen Brief bekommen aus dem fernen Italien; ein köstliches Neujahrsgeschenk. Er spricht von der alten dunkeln Sperlingsgasse und Glück und Wiedersehen, und eine Frauenhand hat diese feinen, zierlichen Buchstaben gekritzelt. Den Namen der Schreiberin nenne ich aber noch nicht, sondern fahre in meinem Gedenkbuch fort, wozu ich diesmal eine neue Mappe hervorsuchen muß.

So war ich denn allein mit der kleinen Elise, die unbewußt ihres Waisentums und des unbehülflichen Pflegevaters, auf Marthas Schoß tanzte, als ich auch von dem Begräbnisse zurückkehrte in diese vor kurzem noch so fröhliche, jetzt so öde Wohnung in Nr. Sieben der Sperlingsgasse. Da stand — es steht noch da — auf dem Fenstertritt Mariens kleines Nähtischchen mit unvollendeten Arbeiten, Zwirnknäulchen, Nadeln und Bändern, wie sie es an jenem Abend, über Kopfweh klagend, verlassen hatte, um nicht wieder davor zu sitzen, nicht wieder durch die Rosen- und Resedastöcke und das Efeugitter in die dunkle Gasse hinaus zu sehen. Da waren noch allenthalben die Spuren ihrer zierlichen Geschäftigkeit. Franz hatte die letzten drei Monate wie ein Argus über ihre Erhaltung gewacht. — Dort auf jenem Stuhl hing noch ihr Hütchen, dort das Handkörbchen, welches sie bei ihren Einkäufen mit sich führte.

Im zweiten Fenster stand Franzens Staffelei; das vollendete Bild Mariens, lächelnd, wie sie nur lächeln konnte, — darauf lehnend. Seine farbenbedeckte Palette hing daneben, seine Skizzenmappen und Rollen lehnten und lagen allenthalben. Hinter der Tür hing sein zerdrückter Biber, den wir so oft auf unsern Spaziergängen mit Blumen und Laubgewinden

71

umkränzten, und der Marien, seines jämmerlichen, manchen sturmdurchlebten Aussehens wegen, ein solcher Dorn im Auge war.

Kein Fleckchen, kein Gerät ohne seine traurig süße Erinnerung. Zerbrochenes Kinderspielzeug auf dem Boden ...... und ich allein mit dem Kinde in dieser kleinen Welt eines verlornen Glücks, — Erbe von so viel Schmerz und Tränen und Verlassenheit!

Aber jetzt galt es zu handeln, nicht zu träumen. Ich mußte mich aufraffen. Ich nahm der Wärterin das kleine Lischen aus den Armen, küßte es und versprach mir leise dabei, dem Kinde meiner Freunde ein treuer Helfer zu sein im Glück und Unglück, bei Nacht und bei Tage, und ich glaube den Schwur gehalten zu haben. Das Kind sah mich mit seinen großen blauen — denen der Mutter so ähnlichen — Augen lächelnd an, griff mit beiden Händen mir in die Haare und begann lustig zu zausen, wobei die alte Martha mit gefalteten Händen zusah. Martha war schon Mariens Wärterin im Rektorhause zu Ulfelden gewesen, war mit ihr zur Stadt gekommen und hatte sie nicht verlassen bis an ihren Tod.

Da meine Wohnung drüben in Nr. Elf zu beschränkt war, um die ganze kleine Welt dahin überzusiedeln, so hielt ich zuerst mit Martha einen Rat, dessen Resultat war, daß ich meine Bücher, Herbarien, Pfeifen und unleserlichen Manuskripte nach Nr. Sieben herüber holte, worauf Martha alles aufs beste einrichtete. Indem ich alle Liebe für die Eltern nun in dem Kinde konzentrierte, hoffte ich, auf den Trümmern des zusammengestürzten Glücks ein neues hervorblühen sehen zu können. Drüben blieb die Wohnung nicht lange leer; mein dicker Freund, der Doktor Wimmer, zog ein und spielte eine geraume Zeit den Haupthelden und Faxenmacher der Sperlingsgasse.

Elise! — So oft ich diesen Namen niederschreibe, klingt es wider in der immer dunkler herabsinkenden Nacht meines Alters wie ein Kindermärchen, wie Lerchenjubel und Nachtigallenklage, umgaukelt es mich so duftig, so leicht, so elfenhaft ...... Elise, Elise, komm zurück! Sieh, ich bin alt und einsam! Weißt du nicht, daß ich dich auf den Armen schaukelte, daß ich über dir wachte in langen Nächten, wie nur eine Mutter über ihrem Kinde wachen kann? — Und aus weiter Ferne glaube ich oft eine zärtliche wie Musik tönende Stimme zu vernehmen: Ich komme! ich komme! Geduld, nur noch eine kurze Zeit!

Und ich warte und hoffe und fülle diese Blätter mit dem Namen meines Kindes Elise.

So tauche denn auf aus dem Dunkel, du Idyll, bringe mit dir deine Märchenwelt, dein Lächeln durch Tränen! Komm, mein kleines Herz; — aus den schweinsledernen Folianten lassen sich so hübsche Puppenstuben bauen; schau einmal her, was für ein prächtiges Bett gibt mein Papierkorb ab für die Jungfern Anna, Laura, Josephine und wie die kleiegefüllten Donnen sonst heißen! Einen niedlichen goldgelben Kanarienvogel schenke ich dir, wenn du nicht weinen willst und hübsch herzhaft den Löffel voll brauner Medizin herunterschluckst! — Weine nicht, Liebchen, sieh wie der Efeu aus deiner Mutter Heimatswalde Blättchen an Blättchen ansetzt und immer höher an der Fensterwand sich emporrankt. Schau, wie der Sonnenschein hindurchzittert und auf dem Fußboden tanzt und flimmert; es ist wie im grünen Wald — Sonnenschein und blauer Himmel! Du mußt aber auch lächeln!

Und wie der Efeu höher und höher emporsteigt, so wächst auch du, mein kleines Lieb; schon umgeben ebenso feine lichtbraune Locken, wie die auf jenem Bilde, dein Köpfchen. Wer hat dich gelehrt, dieses Köpfchen so hinüber hängen zu lassen nach der linken Seite, wie s i e es tat?

Schüttle die Locken nicht so und gucke mich nicht so schelmisch an aus deinen großen glänzenden Augen! Soll das ein R sein, dieses Ungetüm? O, welch ein Klecks, Schriftstellerin! Welche Tintenverschwendung von den Händen bis auf die Nasenspitze! Wie wird die alte Martha waschen müssen! Du sagst: du habest nun genug Buchstaben gemalt, du müssest jetzt hinunter in die Gasse; du meinst: sogar die Fliegen hielten es nicht mehr aus in der Stube, du sähest wohl, wie sie mit den Köpfen gegen die Scheiben stießen?!

Nun so lauf und fall nicht, Wildfang; ich sehe ein, wir müssen dich doch wohl zu dem Herrn Roder in die Schule schicken, damit du das Stillsitzen lernst.

Was ist das auf einmal für ein helles Stimmchen, welches drüben aus dem Fenster meiner alten Wohnung in Nr. Elf ruft:

„Onkel Wachholder, Onkel Wachholder! Ausgehen, ausgehen!"

Quält die kleine Hexe nicht schon wieder den Doktor der Philosophie Heinrich Wimmer, der da drüben seine guten Leitartikel und schlechten Romane schreibt? Wirklich, es ist so. Eine Baßstimme brummt herüber:

„Wachholder, 's ist ne absolute Unmöglichkeit, bei dem Heidenlärm, den Euer Mädchen hier mit dem Buchdruckerjungen und dem Rezensenten — (Rezensent heißt der Hund des Doktors, ein ehrbarer, schwarzer Pudel) treibt, weiter zu schreiben. Ich bin mitten in einer der sentimentalsten Phrasen abgeschnappt, — die kleine Range ist aus Rand und Band, und dabei grinst der Lümmel Fritze im Winkel und will Manuskript für die morgende Nummer."

„Schicken Sie doch das Mädchen fort, Doktor, und riegeln

75

Sie Ihren Musentempel hinter ihr zu!" lache ich hinüber.

„Dummes Zeug," brummt der Doktor, der eine echte zeitungsschreibende Bummelnatur ist, und dem die Störung durchaus nicht mißfällt. „Dummes Zeug; ich schreibe ‚Fortsetzung folgt', und wir führen die Dirne in Schreiers Hunde- und Affenkomödie; der Rezensent hat's auch nötig, daß seine ästhetische Bildung aufgefrischt werde, wie ein Pack verflucht sonderbar riechender Zeitungsnummern in der Ecke zur Genüge beweist. Machen Sie sich fertig, Verehrtester!"

Damit verschwindet der Doktor vom Fenster; ich höre drüben auf der Treppe ein Getrappel kleiner Füßchen, und Lise erscheint, begleitet vom Rezensenten, in der Haustür. Mit einem Satz ist sie über die Gasse, ebenso schnell bei mir und im Handumdrehen fertig, wenn's sein müßte, eine Reise um die Welt anzutreten.

Einige Minuten später stürzt Fritze, der Druckerjunge, aus der Tür von Nummer Elf mit einem Blatt Papier, welches noch sehr naß zu sein scheint, denn er trägt es gar vorsichtig und hält es mit beiden Händen weit von sich ab. Jetzt erscheint der Doktor ebenfalls in der Gasse, den österreichischen Landsturm pfeifend, die Zigarre im Munde und mit dem Hakenstock sehr burschikose Fechterübungen gegen einen eingebildeten Gegner machend. Er brüllt herauf:

„Wetter, edler Philosoph, lassen Sie die deutsche Presse nicht zu unvernünftig lange warten."

Halb gezogen von Lischen, halb umgeworfen vom Rezensenten, der wie es scheint, seiner höheren Bildungsschule sehr ungeduldig entgegengeht, stolpere ich die Treppe hinunter, über Eimer und Besen, über Kinder und Körbe. Aus allen Türen blicken alte und junge, männliche und weibliche Köpfe, die alle der kleinen Lise Ralff freundlich zunicken. Und wirklich, sie ist auch — wie einst ihre Mutter, nur jetzt noch auf andre Weise — das bewegende Prinzip der ganzen Hausgenossenschaft. Auf der Gasse taucht der Klempner Marquart aus seiner Höhle auf und erhält von der Lise Gruß und Handschlag, nicht aber vom Rezensenten, der den Feuerarbeiter haßt, und, wie es so oft in der Welt geschieht, das Werkzeug für die Ursache nimmt. Hat nicht Marquart auf hohe polizeiliche Anordnung ihm, dem ehrbaren, soliden Rezensenten, dem Muster aller Pudel, den Maulkorb mit der Steuermarke um die beschnurrbartete Schnauze geschlossen? Wer verdenkt es dem braven Köter, wenn er wehmütigwütig vor dem Keller den husarenfederbuschartig zugeschnittenen Schwanz zwischen die Beine zieht und seitwärts schielend vorbeischleicht, „sich in die Büsche schlägt" wie Seume und mein Freund Wimmer sagen? Und nun durch die Gassen! Himmel, was sollen wir der Kleinen nicht alles versprochen haben! Da eine „reizende" Gliederpuppe mit Wachsgesicht, an jenem Laden wieder ein „wonniges" kleines Puppenservice von gemaltem Porzellan und so fort, daß der Doktor ganz wehmütig den Hut auf die Seite schiebt und sich hinter dem Ohr kratzt.

„Ja, gucke nur, Onkel Wimmer, hast Du nicht gesagt, Du wolltest mir solch ein hübsches Kaffeegeschirr kaufen, wenn ich nicht wieder aus Deinen alten, schmutzigen Schreibbüchern dem Rezensenten einen Federhut machen wolle?"

„Denken Sie, Wachholder" — sagt der Doktor zu mir —
„da hatte die Herostratin vorgestern einen ganzen Bogen
Manuskript, das ganze zwanzigste Kapitel der Flodoardine
zu dem eben von ihr erwähnten Zwecke vermißbraucht!
Denken Sie sich meine Verblüfftheit, als der Köter so
geschmückt aus seinem Winkel mir entgegenstolziert, auf
den Stuhl mir gegenüber springt und einen verachtenden
Blick über den Schreibtisch und die noch übrigen Bogen
wirft, als wolle er sagen: Pah, aus dem andern Schund
machen wir eine ganz famose Jacke!"

„Kriege ich mein Geschirr?" ruft der kleine Verzug
zwischen uns ungeduldig.

„Ja," sagte der Doktor gravitätisch; „mit der zweiten
Auflage der Flodoardine!"

„Ach," mault die Kleine, wehmütig über diese dunkle, ihr
unverständliche Vertröstung, „ich sehe schon, Du hast
wieder mal kein Geld!"

Lachend marschierte ich weiter, während der Doktor

ebenfalls etwas Unverständliches in den Bart brummte.

Und jetzt sind wir am Eingange der buntgeschmückten Bude angekommen und einen Augenblick darauf auch drinnen. Affen und Äffinnen, Hunde und Hündinnen machten ihre Kunststücke, und die Bretter bedeuteten auch hier eine Welt, und Affe und Äffin, Hund und Hündin betrugen sich wie Menschen. Die kleine Elise jauchzte, und Rezensent starrte verwundert seinen Stammesgenossen auf der Bühne zu. Er schien ganz perplex, und von Zeit zu Zeit stieß er einen heulenden Laut aus, den der Doktor verdolmetschte:

„Berichterstatter war außer sich vor Entzücken."

Bellte der gelehrte Pudel kurz und schroff, so meinte der Doktor, das bedeute:

„Berichterstatter war außer sich über die Insolenz eines so unreifen Künstlers, vor einem so kritisch gebildeten Publikum, wie das unserer Residenz, zu erscheinen."

Wedelte das rezensierende Vieh mit seinem Husarenbusch, so hieß das:

„Diese junge Künstlerin verdient alle Ermunterung. Bei fortgesetztem, fleißigem Studium verspricht sie etwas Großes zu leisten."

Gähnte der Köter, so sagte der Doktor:

„Berichterstatter rät dem Verfasser dieses geistvollen Stücks, sein elendes Machwerk nicht für dramatische Poesie auszugeben. Mit einer Tragödie hat es nichts gemein als fünf Akte!"

Als am Schluß der Vorstellung das große und kleine Publikum sich erhob und Beifall klatschte, der Pudel aber, wie von einer großen Verpflichtung befreit, unter die Bank sprang, erklärte der Doktor, das bedeute:

„Gottlob, daß die Geschichte vorbei ist. Jetzt kann man sich doch mit Gemütsruhe eine Zigarre anzünden und zu Butter und Wagener am Gänsemarkt gehen."

Und das tat der Doktor auch. Vorher aber hob er die kleine Elise noch zu sich empor und gab ihr — wie sehr sie sich auch sträubte — einen tüchtigen Schmatz.

„Also bei der zweiten Auflage der Flodoardine schaffen wir uns ein neues Teeservice an," sagte er lachend.

Rezensent schien erst im Zweifel mit sich zu sein, welcher von beiden Parteien er folgen solle. Zuletzt gewann aber der Gedanke an Wurstschelle und so weiter die Oberhand. Er trabte dem Doktor nach.

Wir aber gehen nicht zu Butter und Wagener am Gänsemarkt. Wir kaufen noch Obst von der alten Hökerfrau an der Ecke, und kehren glücklich — das kleine Herz voll vom Affen Kätz mit der Laterne und dem Spitz Hudiwudri, der lustigen Madame Pompadour und all den andern Wundern, zurück in unsere Sperlingsgasse und schlafen, müde vom Gehen, Lachen und Jubeln, schon beim Auskleiden ein.

Dann steigt der volle reine Mond über den Dächern auf. Der Abendwind weht frischere Lüfte über die große Stadt. Der Lärm des Tages ist vorbei; manche bedrückte Brust atmet leichter in der dämmerigen Kühle. Mancher sehnige Mannesarm, welcher den Tag über den Hammer, das Beil, die Feile regierte, legt sich sanft um ein befreundetes Wesen, das ihm neuen Mut im harten Kampf gegen die Materie gibt; manche harte Hände heben kleine, schlaftrunkene Kindchen aus den ärmlichen Bettchen, um an den kleinen Lippen Hoffnung und Mut zum neuen Schaffen zu saugen! Und auch ich beuge mich dann über meine schlafende

Pflegetochter, den leisen, ruhigen Atemzügen der kleinen Brust lauschend, während die alte Martha am Fußende des Bettes strickt.

Das Lockenköpfchen des Kindes liegt auf dem rechten Ärmchen, das Gesichtchen ist in dem Kopfkissen vergraben; ich kann die lieblichen, reinen Züge nicht sehen.

— — — — — —

Da sieh! Plötzlich wendet sich das Kind um und dreht mir voll das Gesicht zu — es murmelt etwas. „Mama!" flüstert es leise, und ein heiliges, glückseliges Lächeln gleitet über das Gesichtchen.

Wer raunt der Waise das süße Wort zu? — Die alte Martha hat die Hände gefaltet und betet leise. — „Mama, liebe, liebe Mama!" flüstert das Kind wieder, das Ärmchen ausstreckend.

Ist es ein Traum, oder kommt die erdentote Mutter zurück, über ihrem Kinde zu schweben?

Dann fällt wohl ein Mondstrahl glänzend durch das Efeugitter auf das Bild Mariens, der Kanarienvogel zwitschert auch wie im Traume auf, eine Wolke legt sich vor den Mond, der Strahl verschwindet, — das Kind versenkt, sich umdrehend, das Köpfchen wieder in die Kissen.

„Gute Nacht, Elise! Felicissima notte, sagen sie in dem schönen Italien, wo Du heute weilst, eine glückliche, liebende Frau: Felicissima notte, Elise!"

Seit ich jene Mappe, überschrieben: Ein Kinderleben, —
hervorgenommen habe, ist in meinem bisherigen Fenster-
und Gassenstudium eine Pause eingetreten. Es soll draußen
sehr kalter Winter sein; Strobel behauptet es, auch Rosalie
ist nicht dagegen. Ich kann nicht sagen, daß ich viel davon
wüßte. In diesen vergilbten Blättern hier vor mir ist es
sonniger Frühling und blühender Sommer. Es macht mir
Freude, mich darin zu verlieren, und ich erzähle deshalb
weiter.

Da ist so ein altes Blatt:

Wir sind sehr ungnädig. Ein alter, dicker, lächelnder Herr
ist dagewesen, hat uns den Puls gefühlt, noch mehr
gelächelt, einigemal mit seinem spiegelblanken Stockknopf
seine Nasenspitze berührt, hat Tinte und Papier gefordert
und kurze Zeit auf einem länglichen Papierstreifchen
gekritzelt. Martha hat diesen Zettel darauf fortgetragen, der
Alte hat uns auf das Köpfchen geklopft und gesagt:
„Schwitzen, schwitzen!"

„Brr!" — —

Mühe genug hat's dem Onkel Wachholder gekostet, einen
solchen kleinen strampelnden Wildfang zur Räson und ins
Bett zu bringen. 'S ist auch zuviel verlangt, die Arme so
ruhig unter die Decken zu halten und nur den Kopf frei zu
haben. — Himmel, was bringt Martha da für einen kleinen
braunen Kerl an! Er gleicht fast: dem Sem, dem Ham oder
dem Japhet aus dem Noahkasten, trägt ein rotes Mützchen
über das Gesicht gezogen und mit einem Faden umbunden,
und schleppt hinter sich her einen langen papiernen Zopf.
Was ist's für ein Glück, daß wir noch nicht imstande sind,
die Inschrift darauf zu lesen:

Fräulein Elise Ralff.

82

Alle 2 St. einen Eßlöffel voll.

Wir sehen den Burschen aber doch mißtrauisch genug aus unserm Bettchen an, und der Doktor Wimmer, der zur Hilfe herübergekommen ist (natürlich begleitet vom Rezensenten), meint gegen mich gewandt:

„Geben Sie acht, Wachholder, ohne Spektakel wird's nicht abgehen. Das Volk hat sich erkältet oder erhitzt; einerlei! Schwitzen, schwitzen! Schweiß und Blut! Probatum est."

Martha kommt nun mit einem Löffel, einem Glas Wasser und einem Stück Zucker, während die Kleine in ihrem Bette immer unruhiger wird, und Rezensent immer gespannter auf die Entwicklung der Dinge zu warten scheint.

„Ich mag nicht einnehmen!" wehklagt jetzt Lise, als ich dem Meister Sem die rote Mütze abziehe — „es schmeckt so scheußlich!"

„Aha," lacht der Doktor Wimmer — „die oktroyierte Verfassung!"

Während ich mich mit dem Löffel voll Medizin der Kleinen, die sich immer weiter zurückzieht, nähere, suche ich vergeblich alle möglichen Gründe für das schnelle Herunterschlucken hervor.

„Gib's dem Rezensenten, er war auch gestern mit im Regen!" ruft Lischen endlich weinerlich.

„Ja, das ist auch wahr; kommen Sie, Onkel Wachholder! Der Redaktionspudel soll's wenigstens kosten, damit die Lise sieht, daß es den Hals nicht gilt."

Und der Doktor nimmt, den Rücken der Kleinen zukehrend, den Köter zwischen die Kniee, tut als ob er ihm einen Löffel voll Mixtur eingösse und liebkost den Pudel dabei, daß dieser freudig aufspringt und lustig bellt.

„Siehst Du, Jungfer, wie prächtig es ihm geschmeckt hat! Allons, kleine Donna! Frisch herunter! — — — Eins! zwei! drei! und" ...

Herunter war's. Schnell das Glas Wasser und das Stück

Zucker dahinterher!

„Du häßlicher Hund!" sagt die Kleine ärgerlich, den Mund in dem Deckbett abwischend, während die alte Martha sie fester wieder zudeckt.

Der Doktor geht nun zurück zu seinen Korrekturbogen, aber der Hund begleitet ihn diesesmal nicht, sondern springt auf den Stuhl neben dem Bettchen seiner grollenden Gespielin und schaut gar ehrbar auf sie herab.

„Ja, gucke mich nur so an und lecke Deinen Schnurrbart," sagt Lischen. „Es schmeckte ja doch bitter?! Warte nur, wenn ich erst wieder aus dem Bette darf."

Da Rezensent nicht antwortet, so nehme ich für ihn das Wort:

„Vielleicht freute sich das arme Tier nur, daß es nun auch bald wieder gesund werden könne, es war doch ebenso naß geworden wie Du und hat gewiß auch die ganze Nacht hindurch gehustet."

„Nein," sagte die Kleine, „er tat's nur, weil ich ihm meine Schürze über den Kopf gebunden hatte. Sieh nur, wie er sich freut, wie er seinen Schnurrbart leckt!"

Dagegen läßt sich nichts einwenden, das Redaktionsvieh leckt wirklich mit ungeheurem Behagen die Schnauze, und ich ziehe es vor, die moralische Seite herauszukehren.

„Das war aber auch sehr unrecht von Dir, Elise! Was hatte Dir denn das arme Tier getan? Eigentlich dürfte ich Dir nun die schöne Geschichte, die ich weiß, gar nicht erzählen."

„Wir wollen uns wieder vertragen," sagt Elise wehmütig und nickt dem Pudel zu. „Nicht wahr, Du?"

Glücklicherweise legt Rezensent gravitätisch seine schwarze Pfote auf die Bettdecke, und so nehme ich den Frieden für geschlossen an.

„Gut denn, wenn Du hübsch artig und still liegen bleiben und weder Händchen noch Füßchen hervorstrecken willst, so werde ich Dir eine wunderbare Geschichte erzählen, die noch dazu ganz und gar wahr ist.

Höre:

Es war einmal ein — Küchenschrank: ein sehr
vortrefflicher, alter, ehrenfester Küchenschrank, und er
stand und steht — draußen in unserer Küche, wo wir ihn
uns morgen ansehen wollen! — Er war fest verschlossen,
welches von zwei sehr wichtigen und angesehenen
Personen, die davor standen, für das einzige Übel an ihm
erklärt wurde. Martha hatte aber die Schlüssel in ihrer
Tasche, und beide Personen, die ich Dir sogleich näher
beschreiben will, erklärten das einstimmig — sie waren
sonst selten e i n e r Meinung — für sehr unangenehm, sehr
unrecht und sehr Mißtrauen und Verachtung erregend.

Ich habe schon gesagt, daß beide davor sitzende Personen
von großem Ansehen und Gewicht waren, sowohl in der
Küche wie auf dem Hofe und dem Boden. Beide machten
sich oft nützlich, oft aber auch sehr unnütz. Jede hatte ein
Amt zu verwalten und verwaltete es auch — das war ihre
Pflicht; jede mischte sich aber auch nur zu gern in Dinge,
die sie durchaus nichts angingen, und das — war sehr
unartig. Vor dem Küchenschrank zum Beispiel hatten sie in
diesem Augenblick durchaus nichts zu tun, und doch
waren sie da, guckten ihn an, guckten darunter, guckten an
ihm herauf. Es roch aber auch gar zu lieblich daraus hervor!

Die eine dieser Personen war mit einem schönen weißen
Pelz bekleidet, einen kleinen Schnurrbart trug sie um das
Stumpfnäschen und schritt ganz leise, leise auf vier Pfoten
mit scharfen Krallen einher. Einen schönen, langen, spitzen
Schwanz hatte sie auch, und sie schwang ihn in diesem
Augenblick heftig hin und her, denn sie ärgerte sich eben
sehr und zwar über drei Dinge:

erstens: über den verschlossenen Schrank,
zweitens: über die andre Person,
drittens: über sich selbst.

85

Es war, es war … nun, Lischen, wer war es?"

„Die Katze, die Katze!"

„Richtig, die Katze, Miez, der Madame Pimpernell Katze. (Holla, Rezensent! Du brauchst nicht aufzustehen!) Die andre Person war etwas größer als Miez, hatte einen braunen Pelz an, marschierte auch auf vier Beinen einher, wie Miez, aber lange nicht so leise, und sie ärgerte sich auch über drei Dinge: das Schloß am Schranke, die Katze und sich selbst. Ihren Schwanz hätte sie ebenfalls gern hin und her geschleudert, aber sie konnte es leider nicht, denn sie besaß nur einen ganz kleinen Stummel, nicht der Rede wert. Das machte sie fast noch ergrimmter als Miez, denn die konnte doch wenigstens ihrem Zorn Luft machen.

Nun, wer mochte diese zweite Person wohl sein Lise?"

„Der Hund, Marquarts Bello!" schrie Elise ganz entzückt.

„Geraten, es war Bello, der Edle; ein weitläufiger Verwandter vom Rezensenten und sonst auch ein ganz netter Kerl, aber — wie gesagt — vor dem Schrank hatte er nichts zu suchen!

,Nun?' sagte Miez, den Bello anguckend.

,Nun?' sagte Bello, die Miez anguckend.

,Miau!' klagte Miez, den Schrank anguckend.

,Wau!' heulte Bello, den Schrank anguckend.

So weit waren sie; sie wollten aber dabei nicht bleiben.

,Packen Sie sich auf den Hof,' sagte die Katze, ,was haben Sie hier zu gaffen?'

,S i e hätte ich Lust zu packen,' schrie der Hund, ,scheren Sie sich gefälligst auf Ihren Boden und fangen Sie Mäuse. Aufkriegen S i e ihn doch nicht!'

,Pah!' sagte die Katze und schleuderte ihren schönen Schweif dem Hunde zu, welches so viel heißen sollte, als: ,Armer Kurzstummel, wenn ich nur wollte!' Das war aber dem armen Bello zu viel, denn jede Anspielung auf seinen Stummel machte ihn wütend, wie auch der Swinegel, der, wie Du weißt, mit dem Hasen auf der Buxtehuder Heide um die Wette lief, nichts auf seine krummen Beine kommen ließ.

Auf sprang also Bello, heulte furchtbar und wollte eben der Miez an ihr schönes glattes Fell, als auf einmal ...

Piep, Piep, Piep! es im Schranke ertönte.

‚Mause, Mi—ause, Mi—ause am Braten drinnen — und ich dri—außen, dri—außen, dri—i—i—außen!' jammerte die Katze.

‚Wau, wau; das kommt von Ihrem albernen Betragen und Ihrer Nachlässigkeit!' heulte der Hund, und dann — kam Martha vom Markte zurück, und Hund und Katze gingen hin, wo sie her gekommen waren.

Jetzt aber, mein Kind, schlaf ein und schwitze recht tüchtig, damit wir morgen die Stelle besehen können, wo diese merkwürdige Geschichte vorgefallen ist." Und so geschah's; Lischen schlief ein, ich aber freute mich, wieder einmal ein Märchen beendet zu haben, wie ein wahres Märchen enden muß; nämlich ohne allzu klugen Schluß und Moral. Daß der Doktor nicht bei meiner Erzählung zugegen war, konnte mir ebenfalls nur lieb sein. Jedenfalls hätte er wieder schnöde politische Vergleiche und Anspielungen losgelassen, was mir sehr unangenehm gewesen wäre.

„Herr Wachholder," sagte Martha auf einmal ganz treuherzig — „das Loch im Schranke hat der Tischler Rudolf schon wieder zugemacht. Die Mäuse können nun nicht mehr hinein."

„Bis sie sich wieder durchgefressen haben, Martha!" Ich dachte an den Doktor und seine Anspielungen.

Wie der Efeu aus dem Ulfeldener Walde höher und höher hinaufsteigt an der Wand des Fensters, geküßt von der warmen Sonne, getränkt von kleinen sorgenden Händen, welche alle verwelkten gelben Blätter abpflückten, daß die Pflanze immer frisch und jung dastehe!

Aus Tagen werden Wochen, aus Wochen Monate, aus Monaten Jahre, und das junge Menschenkind wächst und entfaltet sich schöner und blühender als die köstlichste, wundersamste Pflanze. Die alte Martha wird immer älter und gebückter, und graues Haar mischt sich mehr und mehr unter mein braunes. Zum erstenmal ist der Tod an mein Kind herangetreten. Es hat über der ersten Leiche geweint. Der hübsche goldgelbe Kanarienvogel, der so zahm und lieb war, lag eines Morgens kalt und erstarrt auf dem Boden seines kleinen Hauses.

So fand ihn Elise und schrie auf, nahm ihn in ihre Hände, hauchte ihn an und suchte ihn zu erwärmen, — ach, armes Kind: die Toten kommen nicht wieder!

Leg ihn nieder, deinen kleinen Freund; auch dir jungem Wesen ist es jetzt schon nicht mehr vergönnt, zu klagen und zu trauern, wie du wohl möchtest; auch dich hat das Leben jetzt schon erfaßt und in seine Wirbel gezogen; — gehe hin mit deinem gedrückten kleinen Herzen, daß du die Schule nicht versäumst! — Elf Jahre alt ist mein Kind jetzt in den Blättern der Chronik. Das runde Gesichtchen zieht sich schon mehr und mehr zu jenem Oval, welches das Bild dort an der Wand so lieblich macht; aus Lischens Kinderstimme klingt mir nun oftmals — wenn sie sich wundert, sich freut oder klagt — ein Ton entgegen, der mich fast erschreckt auffahren läßt. Es ist derselbe Ausruf, den s i e an sich hatte! Wer hat ihn dich gelehrt, kleines Herz?

Diesen Ton, den ich für ewig verklungen hielt, und welcher jetzt nach so langen Jahren wieder frisch und lebendig wird?

Weine nicht mehr, Lischen, sieh, ich will dich an ernstere Gräber führen, draußen vor der Stadt. Da wollen wir uns hinsetzen unter die blühenden Rosenbüsche und denken, daß die Welt so groß, so unendlich groß sei, und doch nichts darin verloren gehe! Da wollen wir auch dem toten Vogel sein kleines Grab graben und uns vorstellen, daß im nächsten Frühlinge aus seinem Leibe eine hübsche goldgelbe Blume aufsprießen werde: zur Freude des bunten winzigen Schmetterlings und des großen, ewigen Gottes.

Stecke dein Butterbrot in deine Korbtasche, Lischen (wenn du es heute vielleicht auch verschenken wirst) — gib mir einen Kuß und grüße den Herrn Lehrer Roder. Du kannst ihn auch fragen, ob er nicht morgen am Sonntag mit uns hinausgehen wolle in den Wald und vielleicht noch weiter.

Lischen nickte und ging — noch immer schluchzend; ich aber machte mich auf den Weg zur Expedition der ‚Welken Blätter‘, ohne eine Ahnung von dem neuen tragischen Ereignis, welches den Tag noch wichtig machen sollte.

Mohrenstraße Nr. 66 war damals schon und ist auch heut noch das Bureau dieses bekannten Blattes. Ich hatte bald meine Geschäfte abgemacht mit dem Hauptredakteur, dem Doktor Brummer, einem kleinen, quecksilbrigen Individuum mit goldener Brille und roter Perücke — jetzt lange tot — und schwatzte noch mit den anwesenden Journalisten und den Künstlern beiderlei Geschlechts, die gelobt sein wollten, als plötzlich die Türe aufgerissen wurde, und der Doktor Wimmer erschien, begleitet von dem uns nur zu wohl bekannten dicken, hochrotgesichtigen Polizeikommissar Stulpnase. Da sie miteinander eintraten, war es nicht ausgemacht, wer von beiden den andern eigentlich mitschleppe.

„Meine Herren," schrie einen gestempelten Bogen schwingend der Doktor, „ausgewiesen!"

„Ausgewiesen!?" ertönte es im Chor verwundert und fragend.

„Auskewiesen? Was das sein, Signore dottore?" fragte Signora Lucia Pollastra, die jüngst angekommene Baßsängerin.

„Ausgewiesen — ausgewiesen — das heißt — cela veut dire: — eliminito!" sagte der Hauptredakteur, der alle Sprachen zu kennen glaubte.

„Dio mio!" rief die Sängerin, die so klug als zuvor war.

„Sehen Sie, Wimmer, ich hab's mir gleich gedacht!" schrie eine feine sächsische Stimme, die dem zweiten Redakteur Flußmann aus „Dresen" zugehörte — „wie konnten Sie aber auch d a s schreiben?"

Der Journalist nahm die letzte Nummer der ,Welken Blätter' und las:

... Und wenn alle Esel dieser Maßregel Beifall brüllen sollten: ich kann sie nur „b e w i m m e r n !"

— „Und er hatte seinen Lohn dahin und wurde selbst gemaßregelt!" sagte der Doktor, welcher sehr gemütlich, den Hut auf einem Ohr, die Zigarre im Munde, auf einem hohen Dreibein saß.

„Ich hätte das Deinetwegen schon nicht aufnehmen sollen, Wimmer!" sagte Brummer.

„Dann hättest Du ja selbst unter die Beifallsbrüller gehört, Alter!"

Jetzt mischte sich aber die hohe Polizei ein, welche bis dahin stillgeschwiegen und nur mit Würde geschnauft hatte.

„Also in vierundzwanzig Stunden, Herr Doktor" ...

„Habe ich das Nest hinter mir, Edelster! Seien Sie unbesorgt!" lachte der Doktor. „Aber halt, Verehrtester, würden Sie mir vielleicht wohl erlauben, Ihnen jetzt noch eine kleine Rede zu halten? — Fritze, Lümmel! Gib dem

Herrn Kommissar einen Stuhl!"

Fritze, der unendlich selig grinste, kam dem Gebote nach; die Polizei ließ sich schnaufend nieder, und ihr Opfer — begann:

„Ich habe in Jena studiert, Herr Polizeikommissarius. Das ist eine allgemein historische Tatsache, aber es knüpft sich Bemerkenswertes daran. Damals gab es dort einen raffiniert groben Philister, Deppe genannt, der alle Augenblicke eine sehr drastische Redensart herausdonnerte, übrigens aber der Gott aller der wilden Völkerschaften: Vandalen, Hunnen, Alanen, Viso-, Möso- und Ostrogoten u. s. w. u. s. w. war. Verehrtester Herr Kommissarius, der deutsche Student, viel zu zartfühlend, viel zu sehr von Albertis Komplimentierbuch angekränkelt, konnte unmöglich d i e s e Redensart adoptieren. Ebensowenig aber konnte er auch den Effekt derselben auf Pedelle, Manichäer und dergleichen Gesindel entbehren. Was tat er? — Er deckte Rosen auf den Molch und sagte: Deppe! — Deppe überall! Deppe konnte jeder Rektor magnificus, Deppe jeder Professor, Deppe jede Professorentochter sagen. Also, Herr Polizeikommissarius: D e p p e ! — 'n Morgen, meine Herren, Addio, Signora Pollastra, brüllen auch Sie wohl! Ich muß packen!"

Damit schob sich der Doktor der Philosophie Heinrich Wimmer und verließ das Expeditionszimmer der ‚Welken Blätter', um es nie wieder zu betreten.

Nie aber habe ich ein solches Gesicht wiedergesehen, als das des edlen Stulpnase. Sprachlos saß er da; auf einmal aber sprang er auf, stülpte den Dreimaster über und schrie:

„Man soll ja nicht denken, seinen Spaß mit einer hohen Behörde treiben zu können!" Damit stürzte auch er fort.

„Wenn er nur nicht herausbringt, was Deppe heißt!" sagte der Hauptredakteur unter dem unendlichen Gelächter der Redaktion und der Anwesenden, und die Versammlung löste sich auf.

Nach Hause zurückgekehrt, traf ich die kleine Lise, die bereits aus ihrer Schule heimgekommen war, über einer bunten Pappschachtel an, in welche Martha den Vogel gelegt hatte. Den Doktor hörte ich drüben gewaltig rumoren, und von Zeit zu Zeit erschien er am Fenster, blies eine Rauchwolke zum blauen Sommerhimmel hinauf oder pfiff eine Passage aus dem österreichischen Landsturm, seinem Lieblingsstück. Der kleinen Lise sagte ich von dem Schicksal ihres dicken Freundes noch nichts; ich wollte ihr das Herz nicht noch schwerer machen. Mittags konnte sie schon so vor Betrübnis nichts essen, obgleich sie ihr Butterbrot richtig weggeschenkt hatte. Alle Augenblicke richteten sich ihre Augen auf die bunte Schachtel, worin das tote Tier lag.

Am Abend begruben wir es unter dem blühenden Rosenstrauch zu den Füßen der Gräber von Franz und Marie. Die roten Abendwolken segelten über uns weg, die Rosen dufteten so herrlich; überall Licht und Blumen. Ich saß auf dem Bänkchen neben den Gräbern; Elise hatte ihr Köpfchen an meine Brust gelegt, sie hatte sich so müde getrauert, daß sie — o glückliche Kindheit! — die Augen schloß und einschlummerte.

Eine schöne, ältere, bleiche, schwarzgekleidete Dame kam und kniete an einem einfachen Denkmale nieder; arme Kinder legten weiter weg an der Kirchhofsmauer Waldblumenkränze auf das Grab des toten Vaters; ein Greis schritt gebückt unter den Steinen und Kreuzen umher, die Aufschriften lesend.

In der Stadt verkündeten alle Glocken den morgenden Sonntag; voll und rein wogten die feierlichen Klänge, die in den Straßen im Rollen und Rauschen der Arbeit ersticken, über diese stille Welt hinweg. Immer goldner glänzte der Himmel im Westen, immer tiefer sank die Sonne dem Horizont zu. Nacht ward's auf der einen Hälfte dieses drehenden Balles, während auf dem großen atlantischen Ozean vielleicht eben ein Schiff dem jungen Amerika entgegensegelnd, die Sonne aufsteigend begrüßte. Vielleicht ist es nur ein Schiff, das jetzt im jungen Tage segelt, während hier die Nacht sich über so viele Millionen legt. Dort steht der Führer auf dem Verdeck, das Fernrohr in der Hand; im Mastkorb schaut ein freudiges Auge nach dem ersehnten Lande aus, überall Leben und Bewegung. — Hier zündet der einsame Denker seine Lampe an und schlägt die Bücher der Vergangenheit auf, die Zukunft daraus zu enträtseln, und findet vielleicht, daß die Nacht, die auf den Völkern liegt, ewig dauern wird, in demselben Augenblick, wo auf jenem einsamen Schiff der Willkommensschuß donnert: „Amerika!" die zu dem Schiffsrand stürzende Auswandererschar ruft, und eine Mutter ihr kleines lächelndes Kind in die Morgensonne und dem neuen Vaterland entgegenhält!

Das Gras fängt an feucht zu werden, ich muß meine kleine Schläferin aufwecken. Die bleiche Frau erhebt sich ebenfalls; sie kommt auf uns zu. Wir kennen uns nicht; aber hier auf dem Kirchhof scheut sie sich nicht, sich über mich und das schlummernde Kind zu beugen.

„Lassen Sie mich die Kleine küssen!" sagt sie.

Ich sehe sie unter den Bäumen verschwinden, ein Tuch vor den Augen.

Elise erwacht: „O wie schön!" ruft sie, in die Glut des Abends schauend.

„Gute Nacht, Franz! Gute Nacht, Maria!"

— — —

Holla! Was ist in der Sperlingsgasse los? Als wir nach Haus kommen, herrscht ein Tumult darin, wie ich ihn noch nie darin erlebt habe. In allen Haustüren schwatzende Gruppen, jede Arbeit eingestellt: Salatwaschen, Schuhflicken, Strümpfestopfen, Hämmern, Sägen, Federkritzeln, alles ins Stocken geraten, nur nicht — die

Zungen!

„O je, o je, Herr Wachholder, sehen Sie mal da oben!"
schreit Martha, die auf der Treppe unserer Haustür,
umgeben von einem Kreis Nachbarinnen, Posto gefaßt hat,
mir schon von weitem zu.

„Was gibt's denn, Martha? Was ist los?" rufe ich ihr
entgegen.

„Der Herr Doktor Wimmer ist los!" jubeln zwanzig
Stimmen um mich her, und zwanzig Finger zeigen nach
dem Fenster des vortrefflichen Burschen, welcher bis jetzt
der „bunte Hund" der ganzen Gasse war.

Ein großer Bogen Papier flattert dort oben, und darauf
steht mit gewaltigen Buchstaben:

Dr. WIMMER
P. P. C.

Aus dem offenen Fenster aber beugt sich — Herrn
Polizeikommissarius Stulpnases ehrwürdiges
Vollmondgesicht, und seine weißbehandschuhten Hände
sind bemüht, den Zettel abzunehmen.

Ich überliefere schnell die verwunderte Lise der alten
Martha und steige die Treppen zu der Wohnung des
Doktors hinauf, welches sehr langsam geht, denn vor mir
her schiebt sich eine unbeschreibliche, wunderbare Masse
von Kleidungsstücken ächzend und stöhnend den engen
Weg langsam, langsam hinauf.

Das war die dicke Madame Pimpernell, welche das
Ereignis seit langen Jahren zum erstenmal wieder in die
obern Räume ihres Hauses trieb.

Das Zimmer beschrieb ich neulich bei meinem Besuch des
Zeichners Strobel und brauchte daher jetzt nur zu sagen,
daß der Nachlaß des Doktors in einem zerspaltenen
Stiefelknecht, einer leeren Zigarrenkiste Fumadores
regalia, und — einem Exemplar der Flodoardine bestand.

Stulpnase saß da auf einem Stuhl, schaute das leere Nest wehmütig-grimmig an und ächzte:

„Ausgewiesen! Nun gar ausgekniffen! Donnerwetter — ohne erst für seinen ‚Deppe‘ gesessen zu haben."

„Jotte, einer armen Witfrau ihren besten Mieter abzutreiben, is das in der Ordnung, Herr Kumzarius? Habe ich darum Ihrer Frau die Butter immer um nen Dreier billiger gelassen?" greint die dicke Madame Pimpernell, die ebenfalls dem Beamten gegenüber auf einen Stuhl gesunken ist.

„Halte Sie das Maul, Frau!" schnauzt Stulpnase, worauf die Dicke ein Gesicht macht, wie es einst jenes brave korinthische Weib geschnitten haben muß, als es das Wort des Apostel Paulus hörte: Mulier taceat in ecclesia.

Nach einer feierlichen Stille von einigen Minuten stößt Stulpnase ein dumpfes Geheul aus und seufzt in sich: „Deppe." Plötzlich aber, mit Wut auf seine Brusttasche schlagend, schreit er: „Und hier hab' ich den Verhaftsbefehl: Beleidigung eines Beamten im Dienst, und — ausgekniffen!"

Ich wage es nicht, den aufgebrachten Leuen durch Lachen noch mehr zu reizen, verschwinde und platze erst auf der Treppe los, die beiden Würdigen einander gegenüber sitzen lassend.

In der Gasse steckt mir Marquart ein Billet zu und flüstert geheimnisvoll, nach dem Fenster des Doktors deutend:

„Das hat e r zurückgelassen für Sie, Herr Wachholder!"

Der Zettel lautet:

„Liebster Freund!

Eine hohe Polizei weiß, was ‚Deppe‘ heißt, obgleich es nicht im Konversationslexikon steht. Ein Freund hat mich gewarnt; — ich verschwinde! — In den böhmischen Wäldern sehen wir uns wieder!

Dr. Wimmer.

P. S. Der Redaktionspudel begleitet mich!"

„Onkel, was soll denn das alles bedeuten, wo ist denn der Onkel Doktor?" fragt die kleine Lise, welche, obgleich schon im Nachtzeug, nicht vom Fenster weggekommen ist.

Ich schreibe: pour prendre congé auf einen Zettel, und Lischen, die jetzt schon eine kleine Gelehrte ist, hat mit Hilfe eines Diktionärs noch vor dem Schlafengehen heraus:

„Um — nehmen — Abschied."

„Der Onkel Wimmer muß eine kleine Reise machen, Schatz!"

Damit geht Elise getröstet zu Bette und verschläft und verträumt sanft ihren ersten Schmerz. In diesem Alter genügt noch e i n e N a c h t , ihn zu begraben.

Am 12. Januar.

Ich hab's mir wohl gedacht, als ich diese Bogen falzte, und ich hab's auch wohl mit aufgeschrieben, daß ihr Inhalt nicht viel Zusammenhang haben würde. Ich weile in der Minute und springe über Jahre fort; ich male Bilder und bringe keine Handlung; ich breche ab, ohne den alten Ton ausklingen zu lassen: ich will nicht lehren, sondern ich will vergessen, ich — schreibe keinen Roman!

Heute werfe ich zum erstenmal einen prüfenden Blick zurück und muß selber lächeln. Alter Kopf, was machst du? Was werden die vernünftigen Leute sagen, wenn diese Blätter einmal das Unglück haben sollten, hinauszugeraten unter sie?

Doch — einerlei! Laß sie sprechen, was sie wollen: ich segne doch die Stunde, wo ich den Entschluß faßte, diese Blätter zu bekritzeln, mit einem Fuß in der Gegenwart und Wirklichkeit, mit dem andern im Traum und in der Vergangenheit! — Wie viel trübe, einsame Stunden sind mir dadurch nicht vorüber geschlüpft sonnig und hell, ein Bild das andere nachziehend, dieses festgehalten, jenes entgleitend: ein buntes freundliches Wechselspiel! So schreibe ich weiter.

Manche alte verstaubte Mappe mit Büchern, Heften, Zeichnungen, vertrockneten Blumen und Bändern liegt da; ich brauche nur hineinzugreifen, um eine süße oder traurige Erinnerung aufsteigen zu lassen, keine aber so duftig, so waldfrisch, als die folgende, welche ich überschreibe:

Ein Tag im Walde.

„Fahren wir, oder gehen wir?" hatte Lischen am Abend jenes auf den vorigen Seiten beschriebenen so ereignisvollen Tages noch gefragt.

97

„Wir fahren!" war die Antwort gewesen, und glücklich darüber hatte das Kind das Näschen nach der Wand gekehrt und war eingeschlafen.

Mit dem Wagen erschien am andern Morgen auch Roder, der Lehrer Elisens, den leichten Strohhut auf dem Kopf, die grüne Botanisierbüchse auf dem Rücken, schon an der Ecke lustig nach dem Fenster hinaufwinkend.

Die alte Martha hatte den Kaffee fertig, und Lischen, die bei ihrem Eifer, ebenfalls fertig zu sein, diesmal mehr Hilfe als gewöhnlich nötig gehabt hatte, sprang die Treppe hinunter und erschien nun, den Lehrer hinter sich herziehend.

Roder ist einer jener Volkslehrer, wie sie nur Deutschland hervorbringt. Er ist, wie es sich fast von selbst versteht, der Sohn eines Schulmeisters, der wiederum der Sohn eines Schulmeisters war; denn wenn es einen Stand gibt, welcher sich durch Generationen fortpflanzt, so ist es das deutsche Volkslehrertum. Da bringt der Vater vom Lande einen seiner gewöhnlich sehr zahlreichen Söhne in die Stadt; mit einer Bibel, einem Gesangbuch und vor allem einem Choralbuch als Bibliothek. Der Junge ist der Stolz seines Vaters. Wer hat ein größeres Talent, die Orgel zu spielen? Wer hat eine bessere Stimme — wenn sie auch gerade sich setzt? So ausgerüstet betritt der junge Gelehrte den Schauplatz seiner weitern Ausbildung; gewaltig packt ihn anfangs das Heimweh unter der wilden Bande seiner Mitschüler, die ihn hänseln und zum besten haben in seiner Gutmütigkeit und Unerfahrenheit. Das Leben ist ihm anfangs nur ein erster April, wo man die Narren „umherschickt — in den April". Selbst der Zuwachs seiner Bibliothek, bestehend aus den Schulbüchern seiner Klasse und Funkes Naturgeschichte, vermag ihn nur mittelmäßig zu trösten; ein größerer Freund ist ihm in dieser Epoche seines Daseins das alte wacklige Klavier, welches ihm der Vater für ein billiges gemietet und in sein Dachstübchen gestellt hat. Davor sitzt der Arme und spielt seine Choräle und Volksweisen — letztere nach dem Gehör, und denkt zurück an sein Dorf, an seine Eltern und Geschwister, und vor allem an die Schule, in welcher er der erste war — ja sogar in der Ernte den Vater zuweilen vertreten durfte; während er hier — er der große Bengel! — ganz unten seinen Platz unter den Kleinsten, Dümmsten und Faulsten bekommen hat!

Warte nur, armer Kerl — sieh, da bricht schon der erste freudige Strahl in dein dunkles Sein. Gewöhnlich gibt es auf jeder Schule einen Lehrer, der ein Original, ein Sammler, vielleicht ein leidenschaftlicher Naturfreund ist, womit meistens die Gabe der Mitteilung sich verbindet, dem begegne, du armes einsames Gemüt, und du wirst einen Freund gefunden haben. Jetzt verändert sich alles!

Welch ein Schweifen nun über Berg und Tal; welch ein Versenken in all die kleinen und kleinsten gewaltigen Wunder in der Luft, im Wasser, auf und unter der Erde! Wie sich das Dachstübchen füllt mit Käfern, Schmetterlingen, Herbarien u. s. w. Welch eine selige Ermüdung an jedem Abend, welch ein Träumen in der Nacht, welch ein Erwachen am Morgen!

Nun zieht eine Wissenschaft alle andern nach sich; die Klassen werden durchflogen — den Schiller lernen wir auswendig, und die Welt dehnt sich immer schöner und weiter vor uns aus. — Ach ein Faust zu sein, ist es nicht nötig alles studiert zu h a b e n : das W o l l e n allein genügt, den Mephistopheles aus dem Nebel hervortreten zu lassen!

Stütze nur die heiße Stirn auf die Hand, du Sohn Deutschlands, in langen durchwachten Nächten, beschwöre nur die Geister alter und neuer Zeit herauf, sie sind doch stets um dich, die Gespenster: Lebensnot und Zweifel und vergebliches Streben!

Der Arm der Notwendigkeit faßt dich und schleudert dich mit deinem Wissensdrang in ein abgelegenes Walddorf oder an die Armenschule einer großen Stadt; da begrab dein volles Herz und suche — zu vergessen!

Glücklich, wenn du's kannst; glücklicher aber vielleicht doch, wenn es dir gegeben ist, auch hier weiter zu suchen. Der Pulsschlag des Weltgeistes pocht ja überall: „Suchet, so werdet ihr ihn finden!" sagt das schönste der Bücher, das so leicht zu verstehen ist und so schwer verstanden wird.

Ungeduldig klatscht der Kutscher unten vor der Tür, ungeduldig treibt Elise; während Martha noch immer Zurüstungen macht wie zu einer Reise nach dem Nordpol. Endlich aber steigen wir in den Wagen.

Unsere Sonntagsodyssee beginnt.

„Hätte der Onkel Doktor nicht morgen abreisen können?" fragt noch Lischen nach dem Zettel droben schauend, auf welchem die Madame Pimpernell ankündigt:

„Hier ist eine Stube mit Kabinett zu vermieten."

Roder lächelt, scheint etwas auf dem Herzen zu haben, aber sich gegenwärtig auf weiteres nicht einlassen zu wollen, und so rollen wir durch die noch stillen Straßen dem Tore zu. An den Wochentagen ist's um diese Zeit schon lebendig genug, heute aber schläft das Volk der Arbeit in den Morgen und den Sonntag hinein; es hat das Recht dazu nach sechs Schöpfungstagen.

Jetzt sind wir in den grünen Anlagen, die sich rings um die Stadt ziehen. Landhäuser und Gärten fassen auf beiden Seiten die Straße ein. Eine Eisenbahnlinie geht mitten über den Weg, und wir müssen anhalten, denn ein Zug fliegt eben brausend und schnaubend dem Bahnhofe zu. Der Sonntag, welcher den Städter hinausführt, bringt den Landmann hinein in die Stadt, und alle die Tausende, die heute ein- und ausfliegen werden, suchen alle ein andres Ziel des Genusses; jeder die Freude auf eine andre Weise.

Schon haben wir die letzten Gärten hinter uns und fahren nun langsam die Pappelallee hinauf den Höhen zu, welche im weiten Umkreis die große Ebene und die große Stadt umgrenzen. Die Sonne steigt empor über dem Walde;

die Knospen, die Blätter, die Blumen tragen alle einen Tautropfen, das Geschenk der Nacht; die Lerche erhebt sich jubelnd in die blaue, frische Luft, und auch sie schüttelt Tau von den Flügeln. Wenn wir zurückblicken, liegt die große Stadt noch verhüllt in dem silbergrauen Duftschleier, den sie selbst sich webt, und den sie, wie Penelope den ihrigen, nur zertrennt, um ihn von neuem zu knüpfen. Wie eingewebte Goldsterne blitzen die Kreuze der Türme — die Zeichen des Leids — darauf. — Wir aber fahren schon im vollen Sonnenschein, und jetzt sind wir am Rande des Waldes angekommen; nun brauchen wir den Wagen nicht mehr, und schnell rollt er die Höhen wieder hinab, der Stadt zu.

Was trappelt auf einmal vor uns und raschelt durch das welke Laub des vorigen Jahres, das den Boden bedeckt? Was bricht da durchs Gebüsch, die Ohren und den schwarzen Pelz naß vom Morgentau, lustig jetzt um uns her bellend und springend und die hellen blitzenden Tropfen abschüttelnd?

„Hurra! Willkommen im Walde!" ruft eine wohlbekannte Baßstimme.

Wer trabt da lachend her — hinter einer kleinen Rauchwolke, eine hohe schwankende Königskerze auf dem Hut, — auf dem Fußpfade, der seitab tiefer ins Holz führt?

„Willkommen, fahrender Recke!" ruft Roder, den Hut schwingend.

„Allerseits schönsten guten Morgen!" grüßt der ausgewiesene Doktor, den abgenommenen Maulkorb des Pudels in die Höhe schleudernd und wiederfangend.

„Hast Du mit Rezensent im Walde geschlafen?" fragt die kleine Lise.

„Der Herr Polizeikommissarius läßt Sie grüßen, Wimmer!" lache ich.

Jeder hat zu gleicher Zeit zu fragen und zu antworten, und jeder tut es auch, während Rezensent sich immer dicht an Elise hält, von Zeit zu Zeit ein kurzes fideles Gebell ausstößt und fest unsern Proviantkorb im Auge behält.

Mit pathetischer Gebärde tritt jetzt der Doktor an den Rand der Höhe, streckt den Arm gegen die Stadt aus und deklamiert: „Ha, da liegt sie — die Undankbare, sie, in welcher ich meine Nächte durchwachte und meine Tage verschlief — Sänger und Sängerinnen, Schauspieler und Schauspielerinnen, Ballettänzer und Ballettänzerinnen lobte oder herunterriß — in welcher ich so manchen Leitartikel schrieb — in welcher ich so manche Pfeife rauchte! Da liegt sie wollüstig träumend im Morgenschlummer, während ich umherirre, verbannt, vertrieben, an die Luft gesetzt, `eliminito`, wie der Doktor Brummer sagte; gejagt, gemaßregelt — ein Lamm im scharfen Nordwind. Nest! — Brüste Dich mit Deinen Gardeleutnants, Deiner famosen Musenbude, die ich dort über die Dächer zwischen dem Pfeffer- und Salzfasse ragen sehe; ich verachte Dich, ein deutscher Zeitungsschreiber! Mache in der Liste Deiner unter polizeilicher Aufsicht Stehenden ein dickes Kreuz hinter dem Namen: Heinrich Theobald Wimmer `Dr. phil.`, setze ein dreimal unterstrichenes ‚A u s g e w i e s e n‘ dahinter; ich schüttle Deinen Staub von meinen Füßen, ich verachte Dich! — Bin ich nicht heimatsberechtigt in München an der Isar, stehen nicht viele Löcher offen im edlen Was-ist-des-Deutschen-Vaterland? Zeugt nicht dieser solide Bauch (hier schlug sich der Doktor auf den erwähnten Körperteil) von Bayern? Es lebe München! — Ha, prophetisch verkünde ich Dir, ausweisender Pascha von soundsoviel Roßschweifen: ein Schmächtigerer aber Giftigerer wird meine Stelle einnehmen. Erfahren sollst Du zeitungenüberwachende Behörde, daß das, was Ihr Unkraut nennt, wenigstens auch die Tugend desselben hat: nämlich nicht zu verderben und auszugehen! Fort in die Bresche, mein unbekannter Mitkämpfer! Mein Segen begleitet Dich! `Dixi`, ich habe gesprochen! — Komm, Lischen!"

Damit warf der Doktor den Maulkorb den Berg hinunter

der Stadt zu, hob die Kleine empor, setzte sie mit ihrer Tasche und den ersten während seiner Rede von ihr gepflückten Blumen auf seine Schulter und schrie: „Allons, meine Herren; hinein in den Wald! Kehren wir dem Nest den Rücken zu!"

Mit diesen Worten trabte der tolle Geselle auf dem Fußpfad, auf dem er gekommen war, zurück ins Holz; Roder und ich folgten lachend. Der Exredaktionspudel sprang auch wie toll hinter uns her; gaudeamus igitur tönte des Doktors Baß in das beginnende Konzert der Vögel, unser Sommersonntag im Walde hatte begonnen.

Welch ein Tag war das!

Dieses erste Eintreten in die grüne Blätterwelt — dieses Aufatmen aus voller Brust! Der Doktor hatte mit der sich gewaltig sträubenden Lise einen ordentlichen Galopp angeschlagen und war unsern Augen entschwunden, unsern Ohren aber nicht. Die Kleine lachte — wurde ärgerlich — bat; der Pudel bellte aus Leibeskräften, und der Doktor fiel aus einem seiner Studentenlieder ins andre.

Mit seiner Ausweisung schien der alte Jenenser Bursch alle gesellschaftlichen Bande für aufgelöst zu halten.

„Das ist ein sonderbarer Menschentypus," sagte Roder lächelnd, als wir langsamer hinterhergingen; „die personifizierte Gutmütigkeit unter dieser tollen, barocken Maske. Wir sind Jugendfreunde, welches sonderbar scheinen kann, da er in Lumpenhausen das Gymnasium besuchte, während ich auf dem Seminar mich zum Schulmeisterlein einpuppte. Ebensogut hätte ein Guelfe mit einem Ghibellinen Arm in Arm auf der via dei malcontenti in Florenz spazieren gehen können. — Aber es war so, er lehrte mich Zigarren drehen, ich dagegen brachte ihm bei: sich auf dem Klavier mit einem Finger zu dem famosen Liede zu begleiten:

```
Mihi est propositum
In taberna mori …
```

Später verlor ich ihn aus den Augen; ich wurde Hilfslehrer in Lammsdorf, er ging auf die Universität. Da saß ich eines Abends und untersuchte Moose durch die Lupe, als mich plötzlich jemand auf die Schulter klopfte, und eine Bierbaßstimme — wie weiland Leibgeber zum Armenadvokat Siebenkäs — ‚'n Morgen, Roder,‘ hinter mir sagte. Es war Wimmer, der wegen Übertretung der Duellgesetze relegiert, ‚die große Tour machte,‘ wie er sagte. Geld besaß er schon damals nicht, aber viel Humor und guten Mut, und so hat das Schicksal uns öfters wieder einander in den Weg geführt, und immer war der Doktor Wimmer — derselbe ...“

„Und aussterben wird diese Art nicht in Deutschland, so lange man noch die Namen: Bier, Romantik und Politik nennen hört,“ sagte ich.

„Halt,“ rief der Lehrer, „welch ein prächtiges Aconitum, entschuldigen Sie!“ Damit sprang er ins Gebüsch, die Pflanze auszugraben, während ich in den Bart murmelte:

Und auch deine Art, deutsche Seele, wird nicht ausgehen, so lange noch in e i n e Blüte das deutsche Gemüt sich versenken kann zwischen Weichsel und Rhein.

„Onkel Wachholder, Onkel Wachholder; kommt alle schnell, schnell einmal her!“ rief jetzt Lischen in der Ferne.

„Was gibt's denn Lise?“ ruft Roder, seine Blume in die Botanisierbüchse legend.

„Ein wunder-wunderhübsches Vogelnest hat der Onkel Doktor gefunden!“ schallte es wieder, und wir setzten uns in Trab.

Auf einem kleinen sonnigen Platz seitab vom Wege stand der Doktor, hochrot vom Singen und Rennen und ließ die Kleine in einen Fliederbusch schauen. Lise, den Atem anhaltend, um die kleine piepende Welt nicht zu stören, guckte selig durch die Zweige; während der Rezensent das Wunder weiter unten suchte und, den Kopf und Leib im Laubwerk verborgen, nur die Hinterbeine und den wedelnden Husarenbusch zeigte.

„Nicht wahr, Lise, das mußte ich Dir doch zeigen? 's ist doch prächtig, wenn einen die Polizei so früh hinausjagt in den Wald!"

Ein Buch guckte dem Doktor hinten aus der Rocktasche, und der Lehrer zog's ihm heraus. Es war Reineke de Voß, des Doktors ewiger Begleiter auf allen seinen Fahrten, den er fast auswendig wußte. Bei der Berührung des Lehrers sah er sich auch sogleich um und begann:

```
„De quad deyt, de schuwet gern dat licht:
Also dede ok Reinke de bösewicht.
He hadde in de stad so vele missdan,
Dat he dar nicht dorfte kamen noch gan.
He schuwede seer des Konniges hoff
Darin he hadde seer kranken loff!" —
```

„Aber hier, Lise, ist's was andres; wenn wir hier ein Vogelnest finden, so dürfen wir auch hineingucken und unsere Meinung darüber sagen."

„O das ist wunder-wunderhübsch," ruft die Kleine, welche gar nicht hört, was der Doktor sagt. „Sieh, der alte Vogel fürchtet sich gar nicht — o, welche große Schnäbel — er sitzt ganz still zwischen seinen Jungen und sieht nur nach dem Rezensenten hinunter! — Er tut Dir nichts, kleiner Vogel, bleib ruhig sitzen!" —

Jetzt ließ der Doktor das Kind auf den Boden gleiten: „Nun lauf zu Fuß," sagte er, „das Gras ist trocken."

Welch ein Tag! Noch zogen weiße Wölkchen über die Baumwelt weg, bald aber hatte die Sonne sie verzehrt, und das ewige Blau lächelte rein und klar auf uns herab. Immer tiefer versenkten wir uns in die duftende Wildnis: „Wo lassen wir alle die Blumen, die wir pflücken, Lischen?" — Die Händchen sind schon so voll, daß wir bei jedem Schritt eine verlieren, und daß der Doktor sagen muß:

„Ist's nicht wie im Märchen, wo der Vater die verlorenen Kinder durch hingestreute Steinchen wiederfindet? Ein verfolgter Zeitungsschreiber — schrecklich — die Häscher sind ihm auf den Fersen — wo hat er sich hingewendet? — ‚Ha,‘ sagte der erfahrenste der Spürer, ein wahrer Pfadfinder auf der Vagabondenjagd — ‚seht die Blumen — untermischt mit Zigarrenenden! Laßt uns dieser Spur folgen, Brüder! — Ha, seht hier im weichen Boden die Hundetapfen? — Er ist's, er ist's — Fort, ihm nach!‘ — Schrecklich!"

„Bravo, Wimmer!" lachte der Lehrer, der wieder eine Pflanze im Gehen zerlegte. „Welcher Stoff für Dein nächstes Werk; wo Du es auch schreiben magst, ich hoffe auf ein Exemplar."

„In München werde ich es schreiben, Verehrtester! Habe ich nicht einen Kontrakt mit dem Buchhändler und Eigentümer der ‚Knospen‘ — Gabriel Pümpel, in der Tasche? Ist nicht Gabriel Pümpel mein Onkel? Ist nicht Nanette Pümpel meine Cousine? Wetter, ich sehne mich ordentlich nach dem Nannerl!"

„Doktor! Doktor!" rufe ich lächelnd.

„Wahrhaftig," seufzt der eliminierte Schriftsteller, „ich habe heute ordentlich Lust solid zu werden."

Ehrlicher alter Bursch!

„Also d a s waren Deine Gedanken," sagte der Lehrer lächelnd und gerührt, „als Du gestern den ganzen Nachmittag auf meinem Sofa lagst? Ich konnte Dich vor Tabaksqualm nicht recht sehen, aber Du schienst mir außergewöhnlich nachdenklich und träumerisch. Gottlob, wenn diese Exilierung so ausschlüge."

„Hurra," schreit der Doktor, den Hut in die Luft werfend: „Es leben die Knospen! Es lebe das Bockbier! Es lebe das Haus Pümpel und Kompanie!"

Der Exredaktionspudel ist außer sich; jetzt hat er die größte Lust, Elise vor Wonne über den Haufen zu werfen, jetzt springt er an seinem Herrn in die Höhe, jetzt ist er im Gebüsch verschwunden, jetzt kommt er auf der andern Seite wieder zum Vorschein! Bumms — da liegt er im Grase, wälzt

106

sich, daß man nicht weiß, was oben oder unten, Beine oder Rücken, Kopf oder Schwanz ist!

„Wer hat eine Uhr? Niemand? Desto besser, der Magen ist unsere Uhr. Hier unter dieser prächtigen Buche wollen wir uns lagern. Wie das Moos so weich ist! Ausgepackt die Taschen, den Korb, die Botanisierbüchse! Eine Flasche Wein erscheint. Wer hat einen Korkzieher? Niemand? Desto besser, wir schlagen ihr den Hals ab; ein niedliches Glas hat Elise mitgebracht."

„Holla, Roder, aufgepaßt! Rezensent hat den Kopf in Ihrer Rocktasche!"

„Welch Behagen, sich so im weichen Grase auszustrecken! Wie das schmeckt im grünen Walde; — die alte Martha soll leben, sie hat prächtig gesorgt!"

„Komm, Kind, unsere kleinen Beine sind doch wohl müde! Was bedeuten diese Faden? Aha, jetzt werden wir Kränze winden. Welche prächtigen wilden Rosen!"

„Sieh, da kriecht ein Marienkäfer auf Deinem Arm, Lischen; — er entfaltet die Flügel — prr, dahin geht er, ein kleines rotes Pünktchen im Sonnenstrahl."

Elise schaut ihm nach und fängt an zu singen:

Marienvogel kleine,
Rühre deine Beine,
Kriech an meinem Finger nauf,
Setz dich als das Knöpflein drauf!
Ist er nicht ein hoher Turm
Für so kleinen roten Wurm?

Und dann mit ganz feiner Stimme:

Roten Purpur trag' ich,
Flüglein viere schlag' ich!
Gar kein Flüglein regst du,
Nur zwei Bein' bewegst du —
Sechs Beine rühr' ich,
Sieben Punkte führ' ich,
Fliege höher als der Turm!

Die Sonne muß draußen gar heiß und drückend sein, sie steht hoch im Mittag. Hier aber hat sie die Herrschaft mit dem Schatten zu teilen und zwar so, daß man gar nicht mehr weiß, wo Dunkel, wo Licht ist, so flimmert und zuckt beides durcheinander.

„Wirst Du müde, Lischen? Berauscht Dich der Waldduft, kleines Herz? Komm, lege Dein Köpfchen hierher; keine Mücke, keine Fliege, und wenn sie noch so golden wäre, soll Dich im Schlummer stören. Schließe dreist die Augen und träume einen hübschen Elfentraum von Schmetterlingen und Blumen und kleinen Vögeln."

Wie behaglich der Pudel gähnt und, den Kopf auf die Vorderpfoten gelegt, mit den Augen blinzelt.

„'s ist doch ein ganz ander Ding ohne Maulkorb, nicht wahr Rezensent?"

Wie der Doktor so nachdenklich die blauen Zigarrenwölkchen von sich bläst! Denkt er an seinen ersten Aufsatz in den ‚Knospen', denkt er an die Münchener Cousine?

Wie sich der Lehrer mit leuchtenden Augen in die Pflanzenschätze seiner Botanisierbüchse vertieft!

„Heda, Roder, was für ein Heft schaut da zwischen den Blättern und Wurzelwerk hervor?"

„Her damit!"

Der Lehrer errötet und reicht lächelnd das Heft herüber.

„Was sehe ich! Vermag der Schulstaub solche Blüten zu
treiben?!"

Grinsend streckte der Doktor Wimmer den Kopf über
meine Schulter und machte nach einigen Blicken auf das
Manuskript sogleich Anstalt, es für die ‚Knospen' mit
Beschlag zu belegen, aber der Lehrer tat gewaltig Einsprache
dagegen. Später schenkte er es mir. Soll ich ein Blatt daraus
der Chronik einschieben?

Es sei! Da ist eins.

Ich lag am Rande des Baches und sann nach über die
Geschicke der Völker und Könige und über — meine Liebe.
Hinten in der Türkei lagen jene einander in den Haaren,
und drüben in der kleinen Gartenlaube saß mein Schatz

und schmollte. Ah!

Lippe-Detmold ist mein Vaterland, — was geht mich die orientalische Frage an und der General Sabalkanskoi und die Schlacht bei Navarino?!

Aber das Frauenzimmer dort?

Beim großen Pan, d a m i t muß es anders werden!

Rot wie die Liebe ist der Abendhimmel; goldne Wölkchen, weiße Tauben schweben darin hin und wider wie Liebesgedanken ... Wo sind meine Diplomaten, wo meine Kabinettskuriere?

Es schwanken die Gräser — es regt sich — es läuft, es kriecht, es klettert, es hüpft, es flattert und fliegt — tausendbeinig, tausendflügelig! Es zwitschert und summt — tausendtönig!

Dichterminister,   Frühlingsräte,   Liebesgesandte versammeln sich um mich zu Rat und Tat.

Wohlan — die Konferenzen sind eröffnet! Allen Gegenwärtigen und Zukünftigen Gruß! Wen send' ich zuerst an jene dort, hinter den Hollunderblüten?

Ach! Du da — fort mit dir zu ihr hin — du mein leichtgeflügelter, magenloser Herold, du, den sie den „roten Augenspiegel" nennen, zeig ihr auf deinen weißen Schwingen die beiden Purpurtropfen, sag ihr, es sei Herzblut — m e i n Herzblut aus dem wilden Kampf um die Liebe, die rote Liebe! ... Da flattert der Bote der Laube zu; es zittert mein Herz, mein banges Herz. — (S i e — n i e s t!!!) O Dank, Dank ihr ewigen guten Götter, Dank für das Omen! (Erkälte dich nicht, Luise, nimm ein Tuch um, hörst du?)

Wer ist der zweite meiner Boten? Schnell, schnell, meine kleine emsige Biene; — hin zu ihr — summe ihr ins Ohr, Honiggedanken,   Hausgedanken,   Leinen-   und Drellgedanken!

(Was hat das Frauenzimmer zu lachen über ihrem Nähzeuge, in der kleinen Laube?)

Und nun mein letzter Bote, mein schwarzer Trauermantel, flattere hin zu ihr! Hör', was du ihr sagen sollst. Sag ihr: Luise, Luise, der Tag ist zu Ende — die Eintagsfliegen wurden müde, todmüde — der Bach schaukelt ihre armen kleinen Leiber fort, vorüber an den Blumen, an denen sie noch vor einer Stunde tanzten und spielten. Luise, Luise, das Leben ist kurz; Luise, die Nacht bricht herein; sieh den rotfinstern Streifen im Westen, sieh, wie es im Osten unheimlich zuckt und leuchtet — horch, wie es grollt!

(Es regt sich in der kleinen Laube! Sie seufzt!) Luise, Luise!

(Sie tritt heraus!)

Luise, Luise!

Die Bäume schütteln ihre Blüten herab auf sie: Ave Louisa! Der Abendwind flüstert ihr zu: Ave Louisa! Die Blumen des Tages neigen sich ihr: Ave Louisa! Die Blumen der Nacht öffnen ihre Weihrauchkelche ihr — Ave Louisa! Ave Louisa! (Sie winkt ... sie lächelt ...)

Friede?

Friede!

Friede! Läutet die Glocken im Reich! Erleuchtet die großen Städte, die Dörfer; erleuchtet jedes einsame Haus, Orgelklang in allen Domen, Kirchen und Kapellen! Auf die Knie, auf die Knie alles Volk! Männer, Weiber, Greise, Kinder, Jünglinge und Jungfrauen:

> Herr Gott! Dich loben wir!
> Herr Gott! Wir danken dir!

Friede! Friede im Himmel und auf Erden und den Menschen ein Wohlgefallen!

Ich kannte diese „Luise" des Lehrers gar gut. War sie nicht Gouvernante bei den Kindern des Baron Silberheim? Hat sie nicht später den Lehrer Roder geheiratet? Hat sie nicht

Glück und Kummer und Verbannung mit ihm geteilt?

Seid gegrüßt, Otto und Luise Roder, wo ihr auch weilen mögt!

„Ei, das war schön!" sagte Lischen erwachend und das Köpfchen aufrichtend. Sie dachte an ihren Traum im Grünen, nicht an des Lehrers Phantasien — die hatte sie richtig verschlafen.

„Was hat Dir denn geträumt, Lischen?" fragte der Doktor, und das Kind blickte ihn verwundert an.

„Hab ich denn geschlafen?" fragte sie.

„Das kann man bei solchem kleinen Mädchen wie Du bist, Lise, niemals recht wissen. Was hast Du denn gesehen und gehört? Erzähle mal!" sagte ich.

„O es war wunderschön, was ich gesehen habe! Ich konnte gar nicht über das Gras weggucken; es war wie ein kleiner Wald, und welch eine Menge kleiner Tiere lief darin herum! Und wenn ich die Augen zumachte, wurde alles so rot, als brennte der ganze Himmel, daß ich sie schnell wieder aufmachen mußte. Ich dachte, ich wäre ganz allein, da kam auf einmal ein wunderschöner gelber Schmetterling mit zwei großen Augen in den Flügeln, die unten ganz spitz zuliefen, der setzte sich dicht vor meinem Gesicht auf einen Halm und sagte mit ganz feiner, feiner Stimme:

,Ein schönes Kompliment, kleines Fräulein, und ob Sie nicht zum Tee kommen wollten, zur Waldrosenkönigin?'

Der Herr Lehrer las in diesem Augenblick was vor, ich hätte gern weiter zugehört und sagte es dem Schmetterling auch. Der aber sagte: bei der Königin säße ein gelehrter Herr, namens Brennessel, der hielte gar nichts von der Geschichte, ich soll daher nur dreist mitkommen. Ich fragte den Schmetterling, ob's sehr weit wäre; er meinte: weit wär's nicht, aber wir müßten einen Umweg machen, da läge ein groß schwarz Tier im Grase, das habe greulich nach ihm geschnappt, als er vorübergeflogen sei. Das war der arme Rezensent! Dann sagte der Schmetterling: er müsse auch den giftigen Wolken ausweichen, die da herumzögen und ihm seine hübschen Flügel ganz schwarz machten. Das war des Onkel Wimmers Zigarrendampf! — Ich war auf einmal so klein geworden, daß mich der schöne gelbe Schmetterling ganz leicht auf seinen Rücken nehmen und forttragen konnte zu dem Rosenbusch dort bei der Buche. Da war eine gar niedliche vornehme Gesellschaft bei der Königin. Da war der brummige, böse, alte Herr Brennessel, dem jeder gern auswich; da war die dicke Madame Klatschrose, welche dicht hinter der hübschen Königin stand. ‚Fräulein Elise,‘ sagte die Königin, ‚ich freue mich sehr, Ihre Bekanntschaft zu machen. Ist das Ihr Onkel dort unten, welcher den häßlichen Dampf ausbläst?‘ ‚Nein,‘ sagte ich, ‚das ist der Onkel Doktor, den sie weggejagt haben aus der Stadt; er schreibt Bücher und ist unartig gewesen und hat zuviel Kleckse und Schreibfehler gemacht!‘ ‚So, er schreibt Bücher? Dann will ich ihn mal besuchen!‘ sagte der kluge Herr Brennessel böse …“

„Alle Wetter,“ lachte der Doktor hier, halb ärgerlich über Lisens Traum, und griff mit der Hand hinter sich, um sich aufzurichten. „Au, Teufel!“ schrie er plötzlich. Er hatte wirklich mit der Hand in einen Brennesselbusch gefaßt!

Wir lachten herzlich, und nur Lischen sagte ganz ernst: „Siehst Du, Onkel Wimmer, das war er!“ Dann fuhr sie fort:

„Wir tranken nun Tee aus wunderniedlichem Geschirr (Onkel Wachholder gibt mir noch ein Butterbrot!) und jeder erzählte eine hübsche Geschichte vom Frühling, Sommer oder Herbst; vom Winter aber wußten sie nichts — da schlafen sie. Dabei hörte ich aber immer den Herrn Lehrer lesen, und Herr Brennessel brummte dann dazwischen. Der war auch der einzige, welcher vom Winter erzählen wollte, es ward aber nicht gelitten. — Auf einmal hörte Herr Roder auf zu lesen, und ich lag wieder bei Dir, Onkel Wachholder, im Grase, und Rezensent steckte dicht vor meinem Gesicht seine schwarze Nase zwischen den Halmen durch und guckte mich groß an. Das habe ich gesehen! — War das nicht hübsch? Und nun, Herr Roder — lesen Sie Ihre Geschichten noch einmal — bitte, bitte!"

„Danke schön," sagte lachend der Lehrer. „Der kluge Herr Brennessel hatte ganz recht, und j e tz t sehe ich auch ein; m e i n e Geschichten sind gar nicht hübsch."

Wie lange haben wir so geträumt, und erzählt, und im grünen Gras und weichen Moos gelegen? — Schon steigt die Sonne wieder abwärts am blauen Himmel! Muß nicht der Doktor heute noch durch den Wald nach der nächsten Eisenbahnstation? — Auf, Lise, winde dem Rezensenten den letzten Kranz um den schwarzen Pelz! Laßt nichts zurück von euern Sachen! Vorwärts! — Auf engen schattigen Waldpfaden geht's nun quer durch das Holz, bis wir endlich das Rollen der Wagen auf der großen Landstraße hören und zuletzt den weißen Streif durch die Stämme schimmern sehen. Horch, Geigen- und Hornmusik! Im Weißen Roß mitten im Wald an der Chaussee ist Tanz. Die Haustür ist mit Laubgewinden geschmückt; Stadtvolk und Landvolk drängt sich allenthalben davor und dadrinnen, im Haus und im Garten. Wir erobern noch eine schattige Laube, und der Doktor gerät in sein Element. Jetzt ist er oben im Saal, schwenkt sich lustig herum mit einer frischen Landdirne oder einer kleinen bleichen Näherin aus der Stadt; jetzt erregt er unter den Kegelnden ein schallendes Gelächter durch einen wohlangebrachten Witz. Jetzt sitzt er wieder bei uns, den Rock ausgezogen, glühend, pustend, fächelnd. Und überall, wo der Doktor ist, ist auch der Pudel. Jetzt oben im Saal wie toll zwischen die Tanzenden fahrend; jetzt, ausgewiesen, wie sein Herr aus der Stadt, steckt er seine feuchte Schnauze unter unserm Tische hervor.

Immer tiefer sinkt die Sonne herab. Doktor, Doktor, wir müssen scheiden!

Und der Doktor zieht den Rock wieder an und hängt die

Reisetasche um. Wir alle stehen auf.

„Also mußt Du wirklich fort, Onkel Wimmer?" fragt Elise weinerlich.

„Ja ja, liebes Kind!" sagt der wunderliche Mensch plötzlich ernst. Er hebt die Kleine empor, die sich diesmal nicht sträubt, sondern selbst ihm einen herzhaften Kuß gibt.

„Wirst Du auch wohl zuweilen an den Pudel und mich denken, Lischen?"

„Ganz gewiß," schluchzt Lischen, „und ich will schreiben, und der Pudel — nein, Du mußt's auch tun!" Der Doktor setzt die Kleine vorsichtig wieder auf ihren Stuhl: „Lebt wohl, Wachholder," sagt er, „leb' wohl, Roder, alter Freund!"

Der Pudel blickt ganz verblüfft von seinem ernsten Herrn auf uns und wieder zurück: es muß etwas nicht ganz in der Ordnung sein.

„Lebt alle wohl! Ein fröhliches Wiedersehn! Alle! En avant, Rezensent!" schreit der Doktor, über die Gartenhecke und den Chausseegraben springend, und rennt, ohne sich umzusehen, dem Walde zu. Am Rande bleibt er noch einmal stehen und schwenkt den Hut.

„Smollis!" ruft der Lehrer, ihm mit einem Glase zuwinkend. „Grüß die Münchener Cousine, die hübsche Nannerl!"

„Fiducit! Soll geschehen!" ruft der Doktor zurück und verschwindet hinter den Büschen. Rezensent steht noch am Rande, blickt nach uns herüber und stößt ein kurzes Gebell aus.

Jetzt ist auch er verschwunden.

Wir sitzen noch eine Weile still allein.

„Gott gebe dem ehrlichen alten Gesellen Glück!" sagt der Lehrer vor sich hin. Ein Omnibus will eben nach der Stadt abfahren. Was sollen wir noch hier? Wir nehmen Plätze und steigen ein.

Zurück geht's nun nach der großen Stadt, die staubige Landstraße hinunter. Fröhliche Gesichter jedes Alters und Geschlechts um uns her im dichtbepackten Wagen! Wie die Sonne so prächtig untergeht! Ade, du schöner Wald! Ade, du alter Freund Wimmer! —

Da sind wir schon in den Anlagen. Welche sonntäglich geputzte Menge noch ein- und ausströmt! Wir steigen aus auf dem freien Platz vor dem Tor; den Weg durch die Stadt bis in unsere Sperlingsgasse können wir wohl noch zu Fuße machen.

Da sind wir, als es eben dämmerig wird. Sieh, dort steht die alte Martha strickend vor der Tür; sie erblickt uns und ruft:

„Guten Abend, guten Abend!"

„Ach, Martha, das war schön — und — der Onkel Doktor ist fort!" sagt die kleine müde Elise. Auch der Lehrer sagt jetzt gute Nacht und kehrt zurück in sein einsames Stübchen, eine lange Woche mühsamer Arbeit vor sich.

Das war ein Sommertag im Walde, den ich hier aufzeichne in einer öden, kalten Winternacht.

Die Kälte ist aufs höchste gestiegen. Wenige Nasen werden in der Sperlingsgasse herausgestreckt, und die es werden, laufen rot und blau an. Welch Künstler der Winter ist; die Spatzen färbt er gelb, und den freien Deutschen macht er ausrufen: mein Haus ist meine Burg!

Was kann ein Chronikenschreiber bei so bewandten Umständen besseres tun, als sein Haus einzig und allein zum Gegenstand seiner Aufzeichnungen zu machen und die große Welt draußen, die allgemeine Gassengeschichte, gehen zu lassen wie sie will?

Im Jahre der Gnade 1619 verbrannten sie zu Rom einen Gottesleugner, genannt Julius Cäsar Vanini, der hob, auf seinem Scheiterhaufen stehend, einen Strohhalm zwischen den Holzklötzen auf und sagte lächelnd: „Wenn i c h auch das Dasein Gottes leugnen würde, dieser Halm würde es beweisen!" — Die Geschichte eines Hauses ist die Geschichte seiner Bewohner, die Geschichte seiner Bewohner ist die Geschichte der Zeit, in welcher sie lebten und leben, die Geschichte der Zeiten ist die Geschichte der Menschheit, und die Geschichte der Menschheit ist die Geschichte — Gottes! Wohin führt uns das? Kehren wir schnell um, und steigen wir die Treppen hinunter in das unterste Stockwerk.

Da sitzt in dem vorderen Zimmer des Hauswirts und Tischlermeisters Werner eine weißhaarige gebückte Frau in ihrem Lehnstuhl hinter dem Ofen, spinnend vom Morgen bis zum Abend. Das ist die alte Mutter der Hausfrau, die Tochter des Erbauers des Hauses, welche den Grundstein legen und den Knopf auf die Giebelspitze setzen sah und mit dem Hause und seiner Geschichte verwachsen ist durch und durch.

Manche Leiche hat sie in den langen Jahren ihres Lebens

117

hinaustragen sehen: ihre Eltern und alle ihre Geschwister, ihren Mann und alle ihre Kinder bis auf eins, die Anna, die Frau des jetzigen Besitzers. Sie hat den Sarg Mariens mit schmücken helfen und den Sarg Franzens; sie hat ihre Freundin, meine alte Martha, mit hinausbegleitet zum Johanniskirchhof, wo dieselbe begraben ward an der Seite ihrer Herrin, und manchen andern vom Dachstübchen bis zur Kellerwohnung.

Einst war sie das schönste Mädchen der Gasse — wie sie jetzt noch die schönste alte Frau ist — und als der Hausknopf geschlossen werden sollte, und jedes Glied der damals zahlreichen Familie ein Gedenkzeichen hineintat, legte sie errötend und unbemerkt ein kleines Blättchen hinzu, welches aus fernem Land gekommen war, und die Überschrift trug:

„Dieses kleine Briefelein kommt an die
Herzallerliebste in Herz und Liebe."

und schloß:

„... meiner Liebsten noch einen Gruß und Kuß und hoff ich zu kommen im Frühling mit den Schwalben und Hochzeit zu feiern freudiglich mit meinem Schatz, den grüßt und küßt in Gedankensinn sein herzlieber

Gottfried Karsten,
Tischlergeselle."

Oft, wenn der Wind die alte Wetterfahne knirschen und kreischen läßt, mag sie wohl an das Blättchen im Knopf darunter denken und an den, der's schrieb, und der nun auch schon so lange tot und begraben ist.

An wie manches Kindbett im Hause aber auch ist die alte Margarete Karsten gerufen, und wie manches junge Leben hat sie aufblühen sehen im Hause Nr. Sieben in der Sperlingsgasse.

Wer weiß so viele Wiegenlieder wie sie; wer weiß so viele Märchen, die alle anfangen: „Es war einmal" und damit enden, daß jemand in ein Faß mit Nägeln und Ottern gesteckt und den Berg hinabgerollt wird? Wer im Hause hat zu allen Tageszeiten so viele Kinder um sich, die den Geschichten lauschen, dem schnurrenden Rade zusehen und abends mit der zunehmenden Dämmerung immer dichter an den großen Lehnstuhl sich drängen? Wie oft habe ich einst da die kleine Elise mit Rezensent an ihrer Seite gefunden, andächtig lauschend, und wie oft, wenn ich mit der besten Absicht kam, sie heraufzuholen zu Bett, bin ich selbst sitzen geblieben, den Schluß einer Historie abwartend, bis endlich auch noch Martha herabkam, und es uns fast ging wie dem Herrn, welcher den Jochen ausschickte, den Pudel zu holen.

Heute freilich treffe ich die kleine Lise nicht auf der Fußbank am Lehnstuhl sitzend, auch die alte Martha kommt nicht mehr herunter, uns beide abzuholen; aber einen andern treffe ich häufig genug seit Mitte des vorigen Herbstes, und dieser andre ist kein geringerer als unser Freund und Nachbar, der Karikaturenzeichner Strobel. In der Werkstatt bei Meister und Gesellen, in der Küche bei der Hausmutter, überall ist der Zeichner ein willkommener Gast. Die Gesellen porträtiert er für ihre respektiven Schätze, mit dem Meister politisiert er, die Meisterin lehrt er neue Gerichte fabrizieren — er hat unter seiner Bibliothek ein dickes Kochbuch — und der Großmutter — hört er zu.

So traf ich ihn heute abend, als ich herunterkam, einen geborgten Leimtopf wieder abzuliefern. Da es Feierabend war, so war die ganze Familie in der Stube versammelt, der Zeichner hatte alle seine Gesprächselemente bei einander und plätscherte mit Wonne darin herum.

„... Also Meister," sagte er, als er eintrat, „w e r , meinen Sie, kriegt dabei die Prügel?"

„Der Russe nicht!" antwortet nach einer kleinen Pause bedächtig der Meister, der mit der Brille auf der Nase die Zeitung hinter das Licht hielt, um besser zu sehen.

„Also die Alliierten?"

Der Meister nimmt eine Prise, und da seine Erinnerungen nur bis zu den Befreiungskriegen gehen, sieht er verwundert auf, es scheint ihm auch das unwahrscheinlich. Plötzlich aber besinnt er sich:

„Donnerwetter, dabei sind ja jetzt auch die Franzosen!" ruft er. „Himmel! das hat sich ja auf einmal ganz umgedreht!"

„Richtig, Meister," sagt der Zeichner, den Tischlermeister auf die Schulter klopfend. „Richtig! Alles in der Welt dreht sich von Zeit zu Zeit um."

„Meisterin, die Kartoffeln brennen an!" unterbricht Anton, der Lehrjunge, die Politik.

„Wir kommen gleich!" ruft Strobel lachend. — „Ich gehe auch mit, Meisterin, und die Kinder auch! Vorwärts! En avant! On with you, boys! Hinaus in — die Küche!"

So werden die Kartoffeln gerettet, der Meister studiert seine Zeitung weiter, und das Spinnrad summt und schnurrt im Winkel wie immer. Endlich kommen Strobel, die Frau Anna und die Kinder zurück, und die Alte fragt:

„Also der Franzos ist auch wieder dabei? Ist das derselbe, der Anno Sechs hier war?"

„Nein," sagt Strobel, „jetzt trägt er rote Hosen."

„Und der Napoleon — ich meine, der ist lange tot?"

„Ja, Mutter," sagt der Meister von seiner Zeitung aufsehend, „das ist auch ein andrer."

„Gott," sagt die Großmutter, „wenn ich noch daran denke, wie das kleine, gelbe, schwarze Volk hier war und in den Straßen kauderwelschte, und eine Sorte hatte in ihren Hüten große Kochlöffel stecken, und acht hatten wir hier im Haus."

Strobel, der jetzt die Alte da hat, wo sie ihm interessant wird, rückt einen Schemel an ihren Lehnstuhl und sagt: „Großmutter, es ist noch früh, erzählen Sie uns noch etwas von den achten; wenn der Meister seine Zeitung liest, ist gar kein Auskommen mit ihm. Kommen Sie, Wachholder, rücken Sie her. Burschen, seht, wo ihr Plätze findet und haltet das Maul, die Großmutter will von den acht Franzosen in Nummero Sieben erzählen!"

Die Alte lächelt und bringt ihr Rad wieder in Gang: „Solchen gelehrten Herren soll ich erzählen? Die haben ja alles viel besser in Büchern gelesen; von allen achten weiß ich auch nichts."

„Großmutter, was ich in Büchern gelesen, habe ich Gottlob nun bald wieder vergessen," sagt der Zeichner, „und wenn Sie auch von allen achten nichts wissen, so sind wir auch mit vier zufrieden, oder mit soviel, als Sie wollen; erzählen Sie nur."

„Nun, wenn Sie's denn wollen, so muß ich mich mal besinnen. — Gut!

Also es war Anno Sechs, als der Franzos im Lande rumorte und drunten schrecklich hausen sollte, denn er hatte einen großen Sieg erfochten und glaubte das Recht dazu zu haben. Die Leute fürchteten sich alle sehr, gruben ihre Löffel weg und näheten ihren Kindern jedem ein Goldstück in den Rocksaum, auf den Fall, daß sie abhanden kämen oder mitgenommen würden. Aber mein Seliger tat gar nicht, als ob i h n das was anginge. — Wenn sie kommen, sind sie da — sagte er, und dabei blieb er, und wenn die Nachbarn kamen und klagten und jammerten, sagte er nur: Einmal wir, einmal sie! Und wenn sie ihm die Ohren zu voll schrieen, zog er eine weiße Zipfelmütze, die er zu meiner Verwunderung seit kurzer Zeit immer in der Tasche führte — darüber und tat, als ob er einschliefe. Es war immer ein sonderlicher Mann, Annchen, Dein Vater.

Gut. Eines Morgens erhub sich ein Lärm: Sie sind da! Heiliger Gott, mir fuhr's ordentlich in die Knie; meine Jungen (Gott hab' sie selig) in allen Gassen, Gott weiß wo, und nur mein Annchen hatt' ich in der Wiege; mein Alter hatte mal wieder die Zipfelmütze hervorgekriegt und übergezogen und sägete im Hofe.

,Gottfried, Gottfried!' schreie ich, ,sie sind da! sie sind da!'
Er tat, als ob er's nicht hörte, obgleich ich dichte bei ihm
stand. In meiner Angst und auch vor Ärger riß ich ihm die

dumme Mütze ab, warf sie auf die Erde und schrie wieder: ‚Und die Jungen sind auf der Straße — heiliger Vater! — und unsere Löffel — Mann — Mann!'

Er hob ganz ruhig seine Mütze auf, klopfte die Sägespäne an mir ab, setzte sie ruhig wieder auf und sagte: ‚Ja, — wenn's so ist, so werden sie wohl durchs Wassertor kommen, daher geht der Weg von Jena.' Ich glaube so hieß es. Dann sägt' er weiter.

Richtig, da trommelte es schon die lange Straße vom Wassertor her, herunter — mir zitterte das Herz immer mehr! —

‚Meister Karsten! Meister Karsten! Schnell, schnell!' schrieen plötzlich mehrere Nachbarn, die in den Hof stürzten im besten Sonntagsstaat. ‚Ihr sollt kommen, Ihr sollt mit zur Depentatschon an den französischen General.'

‚So?!' sagt mein Gottfried, stellte seine Säge hin und ging langsam in das Haus, gefolgt von den Nachbarn, dem Herrn Sekretär Schreiber, dem Herrn Rat Pusteback, dem Schornsteinfeger Blachdorf und dem Schmied Pruster und andern. Alle zogen mit meinem Alten in die Stuben, weil sie dachten, er würde nun gleich in den Bratenrock fahren und mitrennen. Aber proste Mahlzeit! — An den Tabakskasten ging mein Alter, stopfte sich eine Pfeife, schlug langsam Feuer und sagte:

‚Nun, so kommt, meine Herren!'

Die standen alle mit offenen Mäulern da, aber mein Gottfried ließ sich nicht irre machen. In Schlafrock und Pantoffeln marschierte er ruhig — ich sehe ihn wie heute — voran bis an die nächste Straßenecke. Da blieb er stehen und die Nachbarn um ihn herum; zeigte mit der Pfeifenspitze auf einen Zettel, der da klebte und auf welchem stand:

‚Ruhe ist die erste Bürgerpflicht!'

oder so was, — ich hab's vergessen — klappte seinen

Pfeifendeckel zu, drehte sich langsam um und ging ins Haus zurück. Meine beiden Jungen brachte er mit, worüber ich seelenfroh war. ‚Da, Mutter,' sagte er, als er sie in die Türe schob. ‚Heb sie mir auf,' sagte er, ‚wir brauchen sie einstmal.'

Ich wußte damals nicht, was das heißen sollte; später erfuhr ich's!"

Hier traten der alten Frau die Tränen in die Augen, und ihr Spinnrad hörte auf zu schnurren. Es herrschte eine tiefe Stille im Zimmer.

„Gut. Von nun ab bekümmerte sich mein alter Seliger um nichts mehr draußen, sondern ging wieder zu seinem Sägebock und sägte weiter, bis die Einquartierung kam. Herr meines Lebens, da hättet ihr den Mann sehen sollen! Das ganze Haus kam in Aufruhr; das beste, was Küch' und Keller hielt, ward aufgetischt, und je mehr die kleinen gelben Kerle schwadronierten und sakramentierten, desto fröhlicher wurde mein Alter.

‚Das ist die rechte Sorte!' rief er immer, sich die Hände reibend. ‚Solche mußten's sein! Wenn nur genug von ihnen da sind!'

Französisch hatt' er etwas von der Wanderschaft mitgebracht, und so waren sie bald die besten Freunde miteinander und auf du und du, daß die Nachbarn ordentlich die Nasen rümpften. Die aber gingen zu allen Depentatschonen und illuminierten und bekränzten ihre Häuser und so — das tat aber mein Gottfried nicht, und wenn er einen vom Rat der Stadt sah, zog er jedesmal richtig die Zipfelmütze herunter über die Ohren. Gut, da war ein Franzos zwischen den andern, der war von daher, wo sie halb deutsch, halb französisch sprechen, den konnt' ich auch verstehen, und es war so gut, als wenn ich französch' gekonnt hätte. Was geschieht? Eines Abends sitzen sie alle zusammen, und mein Alter mitten drinnen, und kauderwelschten, daß einem Hören und Sehen verging, und saß ich im Winkel und strickte, und die Jungen spielten im Winkel. Spricht mein Alter auf einmal zu dem Deutschfranzos: ‚Nun sagt mal, Kamerad, wie lange denkt ihr denn eigentlich noch in Deutschland zu bleiben?‘

Der Deutschfranzos stieß mit den andern den Kopf zusammen, und sie schnatterten was in ihrer Sprache. Dann lachten sie aus vollem Halse.

‚Immer bleiben wir da!‘ sagt der Deutschfranzos. ‚Wir sein einmal da; wir gehen nit raus wieder!‘

‚Woui!‘ schrieen die andern und hielten sich die Bäuche. ‚Nit raus! nit raus!‘

‚Ne,‘ sagt mein Alter, ‚immer nicht. Ihr seid zwar da, und unsereins kann unserm Herrgott nur dankbar sein, daß er euch geschickt hat, aber immer —‘

‚Nit raus! nit raus!‘ schrieen die Franzosen.

‚Lasset euch handeln!‘ sagt mein Alter, ‚ich biete zwölf Jahr — höchstens!‘

‚Nit raus! nit raus!‘ kauderwelschten die wieder.

‚Wilhelm! Ludwig! kommt mal her!‘ rief mein Alter jetzt die Jungen, die sogleich angesprungen kamen und sich an seine Knie stellten.

‚Richt‘ euch!‘ rief mein Alter. ‚Augen rechts! Seht mal, Jungens, die da — das sind Franzosen, die eigentlich hier nicht in unsere Stube gehören. Das kleine Annchen kann gar nicht schlafen vor ihrem Spektakel — und doch haben sie Lust, immer dazubleiben. Was meint ihr, Jungens — wenn ihr stark genug wäret?‘

Guckten meine Jungen gewaltig wunderbar aus den Augen und die Franzmänner an, und dann sich und dann meinen Alten!

‚Das sich finden — ich groß werden — ich schon Pustebacks Theodor zwinge,‘ sagte Wilhelm, mein Kleinster. Ludwig, mein Ältester, sagte gar nichts, aber auf einmal rann ihm eine dicke Träne über die Backe, und sein Vater klopfte ihn auf die Schulter und sagte:

‚Warte nur, mein Junge, Du kommst zuerst.'

Die Franzosen hatten ihren Heidenjubel; und besonders einer — sie nannten ihn Piär oder so — wußte sich gar nicht zu helfen vor Lachen. Mein Alter aber war sehr ernst geworden und sprach den ganzen Abend kein Wort mehr. Die andre Woche zogen die Franzmänner ab und lachten noch beim Abschied, als sie uns allen die Hand drückten und ordentlich sich bedankten für gute Bewirtung:

‚Nit raus! Nit raus!'

‚Wird sich finden,' sagte mein Alter. ‚Wird sich finden!' schrieen meine beiden Jungen.

Gut, nun kamen lange Jahre und immer andre Franzosen.

‚Bald ist's genug,' brummte mein Gottfried. Und einmal zogen sie alle hinauf nach Norden, aber zurück kam keiner. Und dann fing's auf einmal an zu rumoren im Lande, und an den Ecken klebten ganz andre Zettel, die mein Alter immer las und wobei er mit dem Kopf nickte. Er war die Zeit nicht viel zu Haus.

Da kam er eines Tages zurück und rief den Ludwig aus der Werkstatt, und sie kamen beide in die Küche zu mir.

‚Sieh, Mutter' sagte mein Gottfried, ‚'s ist gut, daß Dein Feuer brennt! Paß auf, Ludchen!' Damit zog mein Alter seine Zipfelmütze aus der Tasche und warf sie unter meinen Topf, daß sie verschwielte und das ganze Haus voll Qualm ward; dann ging er mit meinem Ludwig fort und kam allein und ganz still wieder.

Am andern Morgen zog ein Trupp schwarzer Reiter in die Stadt — auch durch das Wassertor. Einer kam zu Pferd hier in die Sperlingsgasse vor unser Haus und stieg ab — mir sank das Herz in die Knie — es war mein Ludwig! —

‚Adjes, Mutter! Adjes, Vater!' rief er — ‚behüt Euch Gott, 's wird sich schon machen!' — und dann ritt er fort, den andern nach, die schon durch das Grüne Tor zogen.

‚Da geht's nach Frankreich, Alte!' rief mein Mann, während ich heulte und jammerte. Aber es war noch so weit nicht.

Wir hörten lange Zeit nichts, bis eines Tages alle Glocken in der Stadt läuteten, und auch im ganzen Land, wie sie sagten. Es war eine große Schlacht gewesen, und unsere hatten gewonnen, und mein Ludwig war — tot!

,Der Erste,' sagte mein Alter.

Wieder ging ein Jahr hin, und einmal kam das Kanonenschießen so nahe, daß die Leute vor das Tor liefen, es zu hören; natürlich liefen mein Gottfried und ich mit. Da kamen bald aus der Gegend her, wo es so rollte und donnerte, Wagen mit Verwundeten, Freund und Feind durcheinander, und immer mehr und mehr. Die wurden alle in die Stadt gebracht.

,Herr, mein Heiland!' muß ich auf einmal ausrufen, ,ist das nicht der Piär von damals, von Anno Sechs?'

Richtig, er war's. Mit abgeschossenem Bein lag er auf dem Stroh und wimmerte ganz jämmerlich. ,Den nehm' ich mit,' sagte mein Alter und bat ihn sich aus, und wir brachten ihn hier ins Haus — in Ihre Stube, Herr Wachholder. Da kurierten wir ihn. Als er besser wurde, hatte mein Mann oft seine Reden mit ihm. Einmal war der Franzos oben auf, einmal mein Alter. Da hieß es plötzlich, die Deutschen seien wieder geschlagen und der Napoleon abermals Obermeister. Mein Alter sah den Wilhelm bedenklich an, als ginge er mit sich zu Rat; als aber in der Nacht die Sturmglocken auf allen Dörfern läuteten, wußte ich, was geschehen würde, und weinte die ganze Nacht, und am Morgen zog auch mein Wilhelm fort mit den grünen Jägern zu Fuß, und Minchen Schmidt, die mit ihrer alten Mutter in Ihrer Stube drüben wohnte, Herr Strobel, weinte auch und winkte mit dem Taschentuch. Vorher aber führte ihn mein Alter noch an das Bett des Franzosen und sagte: ,Das ist der Zweite!' — Der Franzos schaute ganz kurios und bewildert drein und sagte gar nichts, sondern drehte sich nach der Wand.

Das Kanonenschießen kam nun nicht wieder so nah, und

der Wilhelm schrieb von großen Schlachten, wo viele tausend Menschen zu Tod kamen, aber er nicht, und die Briefe kamen immer ferner her, und auf einmal standen gar welsche Namen darauf. Die brachte mein Alter dem Franzos herauf, der nun schon ganz gut Deutsch konnte, und sagte lachend zu ihm: ,Nun, Gevatter! Nit raus? Nit raus?' Und der Franzos machte ein gar erbärmlich Gesicht und sagte, den Brief in der Hand: ,Das sein mein 'Eimatsort, da wohnen mein Vatter und mein Mutter.' Mein Alter aber saß am Bett und rechnete an den Fingern: ,Eins, zwei, vier — acht. Acht Jahr, Gevatter Franzos! Warum habt Ihr dunnemalen meine Zwölf nicht genommen?'

Die Briefe von unserm Wilhelm kamen nun immer seltener, und auf einmal blieben sie ganz aus, und eines Tages — kommt mein Alter nach Haus, setzet sich an den Tisch, legt den Kopf auf beide Arme und — weint. Ich dachte der Himmel fiele über mich — — — — d e r und Weinen!

,Der andre!' stöhnte mein Alter in sich hinein, und ich fiel in Ohnmacht zu Boden.

Da vor der großen Franzosenstadt Paris muß ein Berg sein — ich kann den Namen nicht ordentlich aussprechen — von wo man die Stadt ganz übersehen kann. Da schossen sie zum letztenmal aufeinander, und da ist auch dem Wilhelm eine Kugel mitten durch die Brust gegangen, wie der Kamerad schrieb, und ist er da begraben mit vielen, vielen andern aus Deutschland. — Das ist meine Geschichte! Den Franzosen aber kurierten wir aus, und mein Alter gab ihm einen Zehrpfennig und brachte ihn an das Tor, wo der Weg nach Frankreich geht, den auch meine Jungen gezogen waren, sah ihn da abhumpeln und kam wieder nach Haus, murmelnd: ,Nit raus, nit raus!' — Gott hab ihn selig, den Mann, es war ein wunderlicher, Dein Vater, Annchen.“

So erzählte die alte Margarete Karsten, und wir alle saßen um sie herum, als sie geendet hatte, jeder seinen eigenen

Gedanken nachhängend. Der Meister hatte längst seine Zeitung weggelegt, und auch die Gesellen, die nach und nach eingetreten und gewöhnlich ziemlich fröhlich und laut waren, standen und saßen diesmal ganz still umher.

„Nun will ich noch was erzählen!" rief plötzlich die Alte, deren Augen durch die wachgewordenen Erinnerungen in einem seltsamen Glanz leuchteten. „Ich will was erzählen, was lange nachher geschah und doch mit dazu gehört! — Wenn die Fensterscheiben nicht so gefroren wären, könntet ihr den Turm der neuen Sophienkirche sehen, die gebaut wurde, nachdem die alte abgebrannt ist. In der alten war's, wo eine Tafel an der Wand hing, wo die Namen aller der drauf standen, welche in dem Franzosenkriege aus unserem Viertel gefallen waren, und worunter auch meine Jungen waren: Ludwig Friedrich Karl Karsten und Wilhelm Johannes Albert Karsten. Die Tafel hatten wir unserm Kirchenstuhl gerade gegenüber, und des Sonntags schauten wir immer darauf und dachten an unsre braven Jungen, und mein Alter war stolz auf die Tafel und ich auch, wenn ich auch genug darüber geweint habe und noch weinte. Aber es blieb nicht so bei meinem Gottfried. Es kam eine Zeit, da schlich er an der Tafel vorbei, ohne aufzugucken, und wenn wir an unserm Platze saßen und sein Blick fiel mal drauf hin, sah er schnell weg, oder auf den Boden, oder murmelte etwas, was ich nicht verstand.

Gut, eines Tages gegen Abend stand ein schreckbares Gewitter über der Stadt; es donnerte und blitzte unbändig, und auf einmal hieß es: in der Sophienkirche hat's eingeschlagen! — Richtig — da brannte sie lichterloh. Mein Alter, der sonst bei so was immer vorn dran war, rührte diesmal nicht Hand nicht Fuß, und es hätte auch nichts geholfen. Er hatte mich unterm Arm, und wir standen in der Menschenmenge und sahen zu. Auf einmal schwankt der Turm, der wie eine Fackel war, hin und her und stürzt dann herunter auf das Kirchendach mit einem Krach, daß

Menschen und Pferde in die Knie schossen und ich mit. Mein Alter aber blieb aufrecht stehen und kehrte sich um und brachte mich nach Hause. Als wir in unserer Stube waren, ging er den ganzen Abend auf und ab, bis er plötzlich vor mir stehen blieb und sagte:

‚Mutter, Gottlob, die Tafel ist verbrannt! Mutter, ich konnt' sie nicht mehr ansehen! — Gute Nacht, Mutter!' — Ich verstand ihn gar nicht und fragte, was das bedeuten solle, aber er schüttelte nur mit dem Kopf und ging zu Bett. Und das will ich auch tun, mein Flachs ist zu Ende! Gute Nacht, ihr Herrn, gute Nacht, Kinder! — Komm, Annechen!" — Damit erhob sich die alte Frau, und ging, auf ihren Stock und den Arm ihrer Tochter gestützt, hinaus, ihrer kleinen Kammer zu, um von ihrem alten Gottfried mit dem eisernen Herzen, um von den beiden erschossenen Freiheitskämpfern weiter zu träumen. Der Karikaturenzeichner machte heute Abend keinen Witz mehr, der Meister sog an der erloschenen Pfeife. Es war, als wage keiner sich von seinem Platz zu rühren; es war, als müsse nun gleich die Tür sich öffnen, und der alte, gewaltige Mann hereintreten mit dem schwarzen Reiter und dem grünen Jäger an seiner Seite, von denen der eine an der Oder und der andre dicht vor Paris begraben liegt auf dem Montmartre.

„Ich weiß, warum der Meister Karsten die Tafel nicht mehr ansehen konnte!" rief plötzlich eine klangvolle Mannesstimme, daß alle fast erschrocken aufsahen. Es war Rudolf, der Altgeselle, der sich in seinem Winkel hoch aufgerichtet hatte.

„Ich auch!" rief Bernhard, der zweite Gesell, seinem Gefährten die Hand auf die Schulter legend.

„Ich auch!" rief Strobel aufspringend. „Wie viel Wissende noch?"

„Ich auch!" rief der Meister. „Ich auch!" sagte ich. „In d e m Wissen liegt die Zukunft — Gott segne das Vaterland!"

131

Und dann — — kam die Meisterin mit den Kartoffeln.

Und wieder überschreibe ich ein Blatt der Chronik:

Elise.

Wir haben gejubelt und gelacht; auch wohl geweint über kleine Schmerzen und verunglückte Freuden! — Wie die Jahre kommen und gehen!

Der Efeu hat nun eine ordentliche, schattige, grüne Laube gebildet; rote und blaue Wachsbilder hat eine kleine schmückende Hand zwischen das Blätterwerk gehängt; wieder flattert ein zahmer Kanarienvogel in der Stube hin und her, von meinen Büchern und Schreibereien auf eine hübsche runde Schulter im Fenster, oder auf einen niedlichen Finger, der ihm winkend hingehalten wird. — Elise ist nun dreizehn Jahre alt auf den Blättern dieser Chronik. Oft wenn ein lustiger Sonnenstrahl über das Blätterwerk schießt, zwitschert wohl Flämmchen — so heißt der neue kleine Freund — fröhlich auf, hüpft aus seinem Bauer, dreht das Köpfchen mit den funkelnden kohlschwarzen Äuglein einigemal hin und her und flattert dann zum offenen Fenster hinaus. Einen Augenblick glänzt es, hin und her schießend, wie ein Goldpünktchen im Sonnenschein, dann flattert es nach der jenseitigen Häuserreihe und verschwindet in einem Fenster des mittleren Stockwerkes in Nr. Zwölf. Von dort ward es herübergebracht, auch dort hat es ein kleines Messingbauer.

Neue Gesichter sind aufgetaucht, neue Fäden schlingen sich wundersam in unser Leben und damit heute an diesem regnichten, windigen Februartage auch in diese Blätter.

Was tot war, wird lebendig; was Fluch war, wird Segen; die Sünde der Väter wird nicht heimgesucht an den Kindern bis ins dritte und vierte Glied!

Eine helle frische Stimme erschallt unten im Hause; ein leichter Schritt kommt die Treppe herauf — Elise horcht. Nach einigen Minuten erschallt plötzlich draußen ein Gepolter, Marthas Stimme läßt sich hören, klagend und ärgerlich. Da ist er — der Taugenichts der Gasse!

Die Tür wird halb aufgerissen, und herein schaut ein lachendes, kerngesundes, mit unzähligen Sommerflecken bedecktes Knabengesicht.

„Nun, Gustav, was gibt's wieder?"

„O gar nichts!" sagt das mauvais sujet, den Mund von einem Ohr bis zum andern ziehend, während Martha jetzt kläglich draußen nach Elisen ruft. „Was mag er nur angefangen haben?" sagt diese aufspringend und hinausgehend. Ein helles herzliches Gelächter, in welches ich sie draußen ausbrechen höre, zwingt auch mich, von meinen Büchern aufzustehen, während Gustav sich ganz ehrbar in einen Band von Beckers Weltgeschichte vertieft zu haben scheint. Ich nehme die möglich ernsteste Miene an und schreite hinaus. Welch ein Anblick erwartet mich!

Die gute Alte hat höchst wahrscheinlich ihre Mittagsruhe gehalten und ist, das Strickzeug im Schoß, eingeschlafen. Diesen günstigen Augenblick zu benutzen, hat der Taugenichts, der vielleicht mit sehr guten Vorsätzen die Treppe heraufkam, doch nicht unterlassen können.

Festgebunden sitzt die Unglückliche in ihrem Stuhle; Handtücher, Bindfaden, das Garn ihres Strickzeuges, kurz alles nur mögliche Bindematerial ist benutzt, sie unvermögend zu machen, sich zu rühren. Vor ihr auf einem, noch dazu sehr zierlich gedeckten Tischchen, steht ein großer Napf Milch, der höchst wahrscheinlich zu den wichtigsten kulinarischen Zwecken bestimmt war, und um ihn im Kreis sitzt schlürfend und schmatzend — die ganze Katzenwelt des Hauses, von Zeit zu Zeit einen höhnenden Blick nach dem Lehnstuhl werfend, von welchem aus die gefesselte Küchentyrannin strampelt und droht, in wahrhaft

134

tantalischen Qualen.

„Lischen — so jag sie doch weg — (Elise hat vor Lachen die Kraft gar nicht dazu und sitzt atemlos auf einem Schemel) — o der Schlingel — aber, Herr Wachholder, jagen S i e sie doch weg — es bleibt ja nichts übrig — o meine schöne Milch — der Bösewicht!" Ja der Bösewicht — wo war er, als diese Tragikomödie zu Ende gekommen war, und man sich nach dem Urheber umsah? Der Band von Beckers Weltgeschichte lag freilich noch aufgeschlagen da, aber von Gustav — nirgends eine Spur!

Wer ist dieser Gustav?

Der Enkel eines Mannes, dessen Name schon einmal gar unheimlich in diese Blätter hineingeklungen ist, der Enkel des Grafen Friedrich Seeburg.

Es war im Jahr 1842, als in die Wohnung drüben in Nr. Zwölf, in deren Fenster später der Kanarienvogel so oft hinüberflatterte, eine schöne, schwarz gekleidete, bleiche Frau zog, welche sich Helene Berg nannte, die Witwe eines vor kurzem verstorbenen Mediziners. Sie war es, die schon einmal durch unser Leben und durch die Blätter dieser Chronik geglitten ist, mit jenem Sonnabend im Sommer 1841, an welchem wir den toten kleinen Vogel auf dem Johanniskirchhof begruben zu den Füßen der Gräber von Franz und Marie. Sie küßte damals die kleine Elise, aber wir kannten einander nicht. — „Georg Berg" stand auf dem Grabstein, an welchem sie gekniet und geweint hatte, und in der ärmlichen Wohnung drüben in Nr. Zwölf, in der engen, dunkeln Sperlingsgasse verklingt die letzte Saite der unheilvollen wilden Geschichte, die einst der sterbende Jäger dem Maler Franz Ralff erzählte. — Ist das Lied vorbei? Eine junge fröhlichere Weise nahm den letzten Ton auf, und „Gustav und Elise Berg" wird die neue Melodie lauten!

Wie die Letzte aus dem stolzen Hause der Grafen Seeburg das Zusammenhängen ihres Schicksals mit dem kleinen Mädchen an meiner Seite erfuhr? — Ihre Geschichte?

Ich fürchte mich fast, die Decke, die über so viel kaum vergessenem und begrabenem Unheil liegt, wieder aufzuritzen.

„Sieh, welch ein schöner Ring!" sagte einmal Elise, der Frau Helene, die bei uns saß, jenen Reif zeigend, welchen vor langen langen Jahren der alte Burchhard am Hungerteiche im Ulfeldener Walde der toten Luise aus der erstarrten Hand gezogen hatte, welcher so lange Jahre unter jenem bekreuzten Stein gelegen hatte, und der das Wappen des Grafen von Seeburg trug! — Ich habe nicht nötig aufzuschreiben, was folgte! — — — Wir trennten uns damals so bald nicht. Den ganzen Abend ließ die weinende Helene die kleine Elise nicht aus den Armen, und Gustav, — Gustav, der Taugenichts der Gasse, begrüßte jubelnd seine Cousine auf seine Weise.

Nachdem er lange unstät sich umhergetrieben hatte, heiratete in Italien der Graf Friedrich Seeburg eine schöne, vornehme, aber arme Italienerin; sie ward die Mutter Helenens und starb sie gebärend im zweiten Jahr ihrer Ehe. Die Griechen dachten sich die Kluft zwischen Gott und dem Menschtum ausgefüllt durch ein Vermittelndes, das Dämonische: da schwebten, „damit das Ganze in sich selbst verbunden sei," Geister „viel und vielerlei" auf und nieder; strafende und lohnende Boten der Gottheit, und niemand entging seinen Taten. Diese Geister verfolgten auch den Grafen: Reue, Ruhelosigkeit, Lebensüberdruß hießen sie, und auf jede Lebensfreude legten sie ihre ertötende Hand. Wieder zog der Graf über die Alpen nach Deutschland. Das Schloß Seeburg war verkauft, — er kam nach Wien, wo er menschenscheu und finster in einem einsamen, kleinen Hause wohnte. Oft hörte ihn seine Tochter auf- und abgehen in der Nacht; sie hatte keine Bekanntinnen, keine

Freundin; eine alte Dienerin ihrer Mutter war ihr ganzer Umgang. So verlebte sie ihre ersten Jugendjahre fast ganz sich selbst überlassen; während ihr Vater immer finsterer und finsterer ward. Er verbot ihr zu singen, zu spielen; sie seufzte und fügte sich. Da wurde eines Morgens der alte Graf Seeburg tot im Bett gefunden; kein Mensch war bei seinen letzten Augenblicken zugegen gewesen, er war gestorben wie ihn Helene nur gekannt hatte — einsam und allein. Einsam und verlassen war aber auch sie jetzt, ein junges Mädchen in einer großen, fremden Stadt, die sie nicht kannte, wo niemand sie kannte. Es fand sich, daß die Hinterlassenschaft ihres Vaters kaum hinreichte, die während seines Aufenthalts in Wien gemachten Schulden zu bezahlen.

Unter den wenigen, die von Zeit zu Zeit das Haus ihres Vaters betreten hatten, war ein Doktor Berg, ein nicht mehr ganz junger Mann, und dieser war der einzige, welcher, an das Totenbett des alten Grafen gerufen, nachdem er ihm die Augen zugedrückt hatte, sich der jungen Waise annahm. Er brachte ihre Vermögensverhältnisse in Ordnung; er führte sie, die ebenfalls fast menschenscheu Gewordene, zu guten Menschen, zu seiner alten, freundlichen Mutter. Er schien alles, was er tat, nur als seine Pflicht anzusehen, und er, der ihr anfangs gleichgültig war, gewann ihre Zuneigung mehr und mehr. Da bot er ihr seine Hand, und die Gräfin Helene Seeburg ward seine zufriedene, glückliche Gattin, bald noch glücklicher durch die Geburt eines Sohnes, der Gustav genannt wurde. Da zwangen Verhältnisse — auch seine Mutter war gestorben — den Doktor Berg, Wien zu verlassen; er zog hieher und bemühte sich, eine Praxis zu gewinnen. Eben schien es ihm zu gelingen, als eine heftige Seuche, die verheerend von Osten kam und über das ganze Land todbringend zog, auch ihn wegraffte; er ließ seine Frau und seinen Sohn fast unbemittelt zurück. Auf dem Johanniskirchhof, zwanzig Schritte von Franz und Marie

Ralff, ward er begraben.

Das war es, was die Frau Helene Berg erzählte, während der Ring mit dem Wappen der Grafen Seeburg, die Schlange, welche den Rubin umwand, vor ihr auf dem Tische funkelte. Noch an demselben Abend trug ich ihn auf die Königsbrücke und warf ihn weithin in den Strom, nachdem ich ihn in zwei Stücke zerbrochen hatte. Helene lehnte neben mir am Geländer, und schweigend gingen wir zurück in die Sperlingsgasse zu unsern Kindern.

War's nicht ein hübsches, ein glückliches Vorzeichen, dieser kleine goldgelbe Vogel, der zwischen den beiden Wohnungen hin und her flatterte, der seine Wohnung dort und hier hatte, oft ein kleiner treuer Bote war, und an seinem beweglichen Hälschen gar wichtige Nachrichten, Fragen oder Antworten hinüber- und herübertrug?

„Schau mal nach, Lise, das Flämmchen trägt wieder einen Zettel am Halse. Jetzt werden wir wohl erfahren, wo der Bösewicht, über den ich die alte Martha draußen noch brummen höre, steckt."

Zwitschernd hüpft Flämmchen auf Elisens Hand. Sie nimmt ihm den Zettel ab, und in einer weitbeinigen Knabenhandschrift lautet die Botschaft:

„Lise!

Da ich mich vor morgen bei Euch nicht zu zeigen wage und noch dazu leider gezwungen bin (scheußlich!) 3 Seiten, schreibe drei Seiten, voll lateinischen Unsinns zu übersetzen (ich möchte nur wissen, wozu ein Maler, und ich will einer werden, Latein braucht?????) so bitte ich Dich, den Onkel (D u brauchst ihm diesen Brief nicht zu zeigen) ebenso auf seinem Lehnstuhl festzubinden,

138

wie ich die alte Martha festgebunden habe und **sobald als möglich** vor die Tür zu kommen. — Ich will Dir mal was Wichtiges sagen.

Gustav.

P. Scr. Ich passe auf, und wenn ich Deine Nasenspitze sehe, schleiche ich an den Häusern hin zu Euerer Tür! Komme bald!!
P. Scr. Bring Deine Korbtasche mit!"

„Was mag er nur wollen?" fragt Lischen, die schon nach dem Nagel guckt, an welchem ihre Tasche hängt, während ich trotz des warnenden Passus den Brief des Übeltäters und seine echte Tertianerlogik studiere. Es ist prächtig: w e i l ich ein Exerzitium von bedenklichster Länge machen muß — s o k o m m e s o b a l d a l s m ö g l i c h ! Und dann die kleine Heuchlerin, die recht gut weiß, was der Faulpelz will!

„Was für einen Tag haben wir heute, Lischen?"

„Ah — Sonnabend!" ruft Elise. „Jetzt weiß ich's! Er hat sein Taschengeld gekriegt."

„Welches eigentlich die alte Martha konfiszieren müßte. Höre, Lischen; schreib ihm als Bedingung Deines Kommens vor, daß die ‚scheußliche' Arbeit fertig sein müsse."

„Wie lange dauert das wohl, Onkel?" fragte die Lise ganz bedenklich; sie zöge das „Sobald als möglich" unbedingt vor.

„Nun — zwei Stunden, mindestens."

„Oh, oh zwei Stunden?!"

„Ja, und dann wimmelt sie doch noch von Fehlern, einer immer schlimmer als der andre."

„Onkel, Gustav sagt aber: je länger er an einer Arbeit säße, desto mehr Böcke mache er."

„Nun denn, wenn er das sagt, so soll er sie fürs erste nur fertig machen und mit herüberbringen. Schreib ihm das."

Elise stellt jetzt eine große Auswahl unter meinen Federn

an und beklagt sich sehr über „unsere" schlechte Tinte; während Flämmchen, auf einer Stuhllehne sitzend, anfangs geduldig wartet, dann aber, als ihm die Sache zu lange dauert, sich bemüht, über dem Tisch flatternd, ebenfalls in das Tintenfaß zu schauen, um den Grund der Zögerung zu erfahren. Endlich jedoch ist Elise mit ihren Vorbereitungen fertig und schreibt:

„Lieber Gustav!

Dein Brief ist glücklich angekommen. Flämmchen hat ihn gebracht. Die alte Martha hat einen nassen Waschlappen im Fenster liegen; sie will Dich tüchtig waschen, wenn Du kommst. Den Onkel kann ich nicht festbinden, er rennt heute immer in der Stube auf und ab und sitzt keinen Augenblick still. Du sollst erst Dein Exerzitium fertig machen und es mitbringen, eher soll ich nicht kommen! Mach schnell!!! Meine Tasche bringe ich mit!

Elise."

Auch diese Botschaft wird dem Flämmchen umgehängt; die Praxis hat es gelehrig gemacht; zwitschernd schüttelt es das Köpfchen, als wolle es sagen, nun ist's aber genug, jetzt komme ich nicht wieder, und — verschwunden ist's. Elise sitzt wartend vor ihrem Nähtischchen unter der Efeulaube, ich vertiefe mich wieder in meine Bücher, aber keine halbe Stunde vergeht, da ertönt unterm Fenster ein heller Pfiff, und Elise springt auf und schaut hinaus.

„Da ist er schon!" ruft sie halb zurück mir zu.

„Komm herauf, Gustav!" ruft sie hinunter.

„Dieses weniger!" erschallt unten die Schülerredensart, und mich wundert wirklich, daß der Bengel diesmal nicht die noch dazu gehörende weise Benachrichtigung damit verbindet: Aber mein Bruder bläst die Flöte.

„Hast Du Dein Exer?" (scilicet citium) ruft Elise.

„Versteht sich; fix und fertig, komm herunter, Du kannst es i h m hinaufbringen."

Elise sieht mich fragend an, und ich nicke. Herunter ist sie wie der Blitz, und ich gehe ans offene Fenster, hüte mich aber wohl, etwas von meiner werten Persönlichkeit sehen zu lassen.

„Du bist aber schnell damit fertig geworden, Gustav!" sagt Elise, und ich stelle mir eben lebhaft vor, wie der Schlingel grinst, als er ihr sein Machwerk einhändigt.

> „Mit Geduld und Spucke
> Fängt man jede Mucke!"

lautet die Antwort: „Hier, nimm Dich in acht, es ist noch naß; und höre, Lischen — komm schnell wieder herunter, eh er hineingeguckt hat; er könnte mich noch zurückrufen!"

„Taugenichts! das mag was schönes sein!" moralisiert Elise, die ich nun die Treppe heraufkommen höre.

„Da ist's, Onkel!" ruft sie in die kaum handbreit geöffnete Tür, wirft das edle Manuskript auf den nächsten Stuhl, schlägt die Tür zu, und — in drei Sätzen ist sie die Treppe hinunter.

„Lise, Lischen, Elise!" rufe ich, aber wer nicht hört, ist Fräulein Elise Johanne Ralff.

„Komm schnell, er ruft schon!" sagt unten der Schlingel, sie am Arm fassend, und fort sind sie um die Ecke!

Da liegt nun das blaue Heft, auf dem Umschlag: „Gustav Berg" und drunter die geniale Übersetzung Gustavus Mons mit Angabe von Wohnort, Datum und Jahreszahl. Ich schlage es auf, und es ist in der Tat zweifelhaft, ob der Kollaborator Besenmeier es mit roter Tinte, oder ob es Meister Gustavus Mons mit schwarzer geschrieben hat. — Hier sind die neuesten Seiten. Reizend! Ita uno tempore quatuor locibus (Schlingel!) pugnabatur etc. etc.

Als Schulmeister müßte ich ausrufen: „Was s o l l aus dem Jungen werden?" Als Nichtschulmeister aber halte ich mich an das — Löschblatt und rufe aus: „Was k a n n aus dem Jungen werden!" — Hier „an vier Orten" schlagen sie ebenfalls Römer, Karthager, Mazedonier, Sarden, und zwar besser als im Latein: Pferde, Menschen, Hannibal ante portas, Triarier, Veliten, Prinzipes! Ausgezeichnet! Ich werde dem Schlingel eine tüchtige Rede halten sowohl über seine „locibus" als auch über die Unverschämtheit, ein Heft mit solch beschmiertem Löschblatt drin „abliefern" zu wollen. Das letztere aber werde ich konfiszieren, und Zeichenstunde soll der Junge auch haben; dieser Signifer hat doch etwas zu lange Arme.

Eine halbe Stunde sitze ich nun noch arbeitend, dann schlägt es auf der Sophienkirche Sechs. Ich weiß nicht, ist es das schlechte Beispiel, welches mir da eben gegeben wurde, oder der blaue Sommerhimmel und die Sonne draußen; auf meinem Papier rücke ich nicht weiter, wohl aber unruhig auf dem Stuhle hin und her. Elise hat übrigens auch recht: „unsere" Tinte ist wirklich abscheulich. Ich schlage meine Bücher zu, ziehe den Rock an und gehe den Tönen eines Fortepianos nach, welche von drüben herüberklingen. Wenn ich in Nr. Zwölf die Treppe hinaufgestiegen bin, so finde ich dort in dem einfach aber hübsch ausgestatteten Zimmer des ersten Stockes eine Dame vor dem Klavier sitzen, die mir freundlich zunickt, ohne sich in ihren Phantasien stören zu lassen. Ich setze mich neben die Rosen- und Resedatöpfe im Fenster, der Musik lauschend, und kann dabei zugleich einen musternden Blick über das Zimmer gleiten lassen. Hier gleich neben mir unter den Blumen steht Flämmchens Messingbauer, in welchem der kleine Vogel bereits auf der Stange sitzt, und das Köpfchen unter den Flügel gezogen hat. Müde von den Anstrengungen des Tages, ist er früh zu Bett gegangen. Im zweiten Fenster, mir gegenüber, steht ein ähnliches

Nähtischchen wie das, vor welchem ich sitze; ein Stickrahmen mit angefangener Arbeit liegt darauf. Das ist Elisens Platz; auch sie hat wie Flämmchen hier eine zweite Behausung. Zwischen beiden Fenstern, gegen das Licht gezogen, macht sich ein einst rot bemalt gewesener Tisch breit; bedeckt mit Büchern, Schreibzeug, Heften, Federmessern usw. usw.; bekritzelt, zerschnitten, zerhackt, ist er der Schauplatz von Gustavs „stillen Freuden".

Hier brütet das Genie über seinen „locibus", den Kopf auf beide Fäuste gestützt und in den Haaren wühlend; hier füllen sich die Blätter mit Fratzen aller Art, statt mit lateinischen Phrasen; hier werden alle die Dummheiten ausgebrütet, welche die Gasse in Verwunderung und Verwirrung setzen sollen; hier werden mit dem demütigsten Gesicht, der reuevollsten Miene, die Ermahnungen und Vorwürfe, welche die Mutter von ihrem Thron herab auf das Haupt des Taugenichts der Sperlingsgasse schüttet, in Empfang genommen und richtig quittiert durch — einen tollen Streich, eine Viertelstunde nachher; hier, kurz hier — ist Gustav Bergs Schreibtisch!

Als die Tante Helene ihr Spiel beendet hat, erzähle ich ihr die Geschichte des Katzendiners, von dem sie natürlich noch nicht das mindeste weiß.

„Ich kann ihn nicht bändigen!" ruft sie halb lachend, halb in Verzweiflung aus. „Und die Elise verdirbt er mir auch ganz! Statt zu sticken und Vokabeln aufzuschlagen, schießen sie sich mit Papierkugeln; wenn er ihr einen Käfer in den Nacken gleiten läßt, bin ich sicher, daß sie ihm einen Zopf ansteckt oder einen Eselskopf auf den Rücken malt. Ich spreche und schelte mich heiser und müde, aber es hilft nichts! ‚Tante, er hat angefangen, ich saß ganz ruhig!' ‚Mutter, 's ist nicht wahr, sie hat zuerst geschossen!' So geht das den ganzen lieben Tag! Wo mögen sie nur jetzt wieder stecken?"

„Wenn man den Wolf an die Wand malt, so kommt er um

die Ecke!" sagt das Sprichwort, und unsere Altvordern wußten, was sie taten, als sie es aufbrachten. Mit Helenens Frage öffnet sich die Tür, oder vielmehr, sie wird aufgerissen, und herein, hochrot, stürzen — Windbeutel und Wildfang! Kaum erblickt mich aber Freund Gustav, so macht er Kehrt und sucht schleunigst die Tür wiederzugewinnen, glücklicherweise aber bin ich diesmal schneller.

„Halt, Meister! hiergeblieben!"

„Ja, hiergeblieben, Gustav!" ruft die Mutter.

Ich beginne nun das Verhör.

„Wie alt bist Du jetzt, Gustav? Antwort!"

„Vierzehn und ein halb!"

„Welchen Platz in der Klasse hast Du jetzt?"

„Ich bin der Vierundzwanzigste von oben!"

„Und von unten?"

„Der — der — der Fünfte!" — (Pause.)

Ich lege nun ein Gesicht an wie Zeus Kronion, wenn's lange heiß gewesen ist, und er donnern will, und beginne eine Rede, die anfängt: Als ich in Deinem Alter war (wie Nota bene alle Väter und Erzieher beginnen, seit Adam seinen Erstgeborenen „rüffelte"); ich flechte die Milchgeschichte ein, gehe dann zu den „locibus" in der letzten Arbeit über, bringe einen kleinen Seitenhieb auf Elise an und ende, indem ich die rührend-pathetische Seite — den Kummer der Mutter — herauskehre.

Während der ganzen Dauer dieser „Pauke" hat mein Missetäter, bald auf dem einen, bald auf dem andern Fuß stehend, mit einem dummpfiffigreuigwehmütigen Gesicht angestrengt einen Punkt oben an der Decke, der ihm sehr merkwürdig erscheinen muß, ins Auge gefaßt. Kaum aber habe ich geendet, so verliert auch besagter Punkt alles Interesse für den Schlingel, „die Erde hat ihn wieder", er schiebt sich hinter Elise, die fortwährend mit ihrer Schürze zu tun gehabt hat, und dann zu seiner Mutter, die ihm bemerkt:

„Siehst Du; ich hab's Dir oft gesagt, aber auf m i c h hörst Du nicht. Wie heiß Ihr seid! Geh' aus dem Zugwind, Elise, Kind, Du erkältest Dich! Wo habt Ihr eigentlich gesteckt?"

„Wir sind nur auf dem Fontänenplatz gewesen!" sagt Elise, mit dem Rücken der Hand über den Mund fahrend.

„So! — Und was habt Ihr da gemacht?"

„Wir haben die Goldfische gefüttert!"

„Die Goldfische?! — Gustav, wieviel von Deinem Taschengeld hast Du noch?"

Bei dieser Wendung des Gesprächs steht Gustav auf einmal wieder auf einem Bein und scheint sehr zu bedauern, daß er sich nicht wie die Gänse mit dem andern hinterm Ohr kratzen kann. Langsam fährt er mit der Hand in die Tasche, besinnt sich aber und zieht sie schnell zurück.

„Nun?!"

„Hast Du's mir zum Ausgeben gegeben, Mama?" fragt der Schlingel, den seine Erziehung Weiberlogik kennen gelehrt hat.

„Freilich — aber — aber" — — —

„Nun, ausgegeben hab' ich's! Lise kann es bezeugen!"

„Ja, das k a n n   i c h!" ruft Lischen ganz eifrig. „Darüber braucht Ihr ihn nicht auszuschelten!"

Ich komme jetzt der bedrängten Tante zu Hilfe.

„Ausgeben kann er's freilich, aber das ‚Wie' ist jetzt die Frage. Was habt Ihr mit dem Gelde angefangen?"

Das Paar sieht sich stumm an. Plötzlich greift Lise in die Tasche, zieht einen Kirschkern hervor und schnellt ihn Gustav an die Nase. Die Frage ist gelöst.

„Ach so!" ruft die Tante Berg. „Nun, es ist gut, daß es fort ist, so kann er wenigstens nicht wieder Zigarren dafür kaufen, wie in der vorigen Woche."

Auch ich bin ganz damit einverstanden, während Elise den Vetter mit dem Ellenbogen in die Seite stößt und ihm zuflüstert: „Warte nur, morgen kriege ich meins!"

Glückliche Kindheit! Alle späteren Lebensalter, die eine einsame Minute fröhlich verträumen wollen, lassen dich vor sich aufsteigen, und ich — der alternde Greis fülle diese Bogen mit längst vergangenen, längst vergessenen Kindergedanken und Kindersorgen! Träumt nicht sogar die Menschheit von einem „goldenen Zeitalter", einer längst untergegangenen glücklichen Kinder-Welt?

Es ist gar kein übler Monat dieser Februar, man muß ihn nur zu nehmen wissen! — Da ist erstlich die ungeheuere Merkwürdigkeit der fehlenden Tage. Wie habe ich mir einst, vor langen Jahren, den Kopf über ihr Verbleiben zerbrochen. Jeder andere Monat paßte aufs Haar mit Einunddreißig auf den Knöchel der Hand, mit Dreißig in das Grübchen, und nur dieser eine Februar — 's war zu merkwürdig! — Das ist ein Stück aus der formellen Seite der Vorzüge dieses Monats, jetzt wollen wir aber auch die inhaltvolle in Betrachtung ziehen. Was ist an diesem Regen auszusetzen? Tut er nicht sein möglichstes, die Pflicht eines braven Regens zu erfüllen? Macht er nicht naß, was das Zeug halten will und mehr? Der alte Marquart in seinem Keller ist freilich übel daran, seine Barrikaden und Dämme, die er brummend errichtet, werden weggeschwemmt, seine Treppe verwandelt sich in einen Niagarafall. Alles, was Loch heißt, nimmt der Regen von Gottes Gnaden in Besitz. Immer ist er da; seine Ausdauer grenzt fast an Hartnäckigkeit! Man sollte meinen, nachts würde er sich doch wohl etwas Ruhe gönnen. Bewahre! Da pladdert und plätschert er erst recht. Da wäscht er Nachtschwärmer von außen, nachdem sie sich von innen gewaschen haben; da wäscht er Doktoren und Hebammen auf ihren Berufswegen; da wäscht er Kutscher und Pferde, Herren und Damen — maskiert und unmaskiert, da wäscht er Katzen auf den Dächern und Ratten in den Rinnsteinen; da wäscht er Nachtwächter und Schildwachen selbst in ihrem Schilderhaus. Alles was er erreichen kann, wäscht er! Kurz: „Bei Tag und Nacht allgemeiner Scheuertag, und Hausmütterchen Natur so unliebenswürdig, wie nur eine Hausfrau um drei Uhr nachmittags an einem Sonnabend sein kann." Das ist das

Bulletin des Februars, den man einst `mensis purgatorius` nannte. — Jetzt finde ich auch einen Vergleich für das Aussehen der großen Stadt. Lange genug hab' ich mich besonnen, keiner schien passend. Nun aber hab' ich's! Aufs Haar gleicht sie einem unglücklichen Hausvater, welchen die Fluten des sonnabendlichen Scheuerns auf einen Stuhl am kalten Ofen geschwemmt haben, wo er sitzt — ein neuer Robinson Crusoe — mit Kind, Hund, Katze und Dompfaffenbauer, die Beine auf einen hohen Schemel stehend und die Schlafrockenden herabhängend in die Wogen.

Brr! — Das ist mal wieder ein Wetter, um in alten Mappen zu wühlen, und ich wühle auch darin schon seit geraumer Zeit! Da muß ein Brief sein, den ich trotz aller Mühe nicht finden kann, und der doch eigentlich schon früher der Chronik hätte eingelegt werden sollen. Briefe mit späterem Datum von derselben Hand finde ich genug; sie berichten von Kindtaufen, und einer auch von dem Hinscheiden eines ehrwürdigen Pudels, „Rezensent" genannt. Ich möchte aber gern ein älteres Schreiben haben, welches noch nicht von Kindtaufen erzählt! Gottlob, hier ist's! Die Chronik hätte es, wie gesagt, viel früher aufnehmen müssen, aber was tut's. Je älter s o l c h e Briefe werden, je älter ihr Schreiber selbst geworden ist, desto frischer klingen sie!

Hier ist das Skriptum:

„Unter Verantwortlichkeit der Redaktion."

Liebe und Getreue!

Eben hatte ich diesen Anfang ‚Liebe und Getreue' gemacht, als sich auf einmal ein kleines Patschhändchen auf meine Schulter legte, ein brauner Lockenkopf sich vorbeugte, und ein Stimmchen ganz fein sagte:

‚Erlaube, liebes Kind (‚liebes Kind,' das bin ich, der Dr. Wimmer) — erlaube, liebes Kind, an was für ein

149

Frauenzimmer willst Du da schreiben?' Ich sah verwundert auf und erblickte — eine kleine runde Dame (sie sitzt neben mir und zieht mich für das ‚rund' tüchtig am Ohr), die ein allerliebstes Mäulchen machte:

‚Liebes Kind ich möcht's halt gern wissen!'

‚Sollst Du auch, Schatz,' sagte ich lachend. Gib acht, es ist eine seltsame Geschichte! — Es war einmal ein Mann, der lief in der Welt herum, und die Leute nannten ihn Dr. Heinrich Wimmer; einige freilich titulierten ihn auch ‚Esel' oder so. Das waren aber nur die, welchen er dasselbe Epitheton gegeben hatte — was er oft sogar schriftlich, Schwarz auf Weiß, tat. Gut, dieser Mensch hatte eigentlich nur wenig wahre Freunde (Bekannte genug), denn er war so eine Art von Vagabond, wenn auch nicht in der schlimmsten Bedeutung des Worts. Er war ein Literat. Zu den Freunden, die ihn ertrugen und nicht ‚Esel' nannten, gehörte erstens ein Schulmeister Namens Roder, zweitens ein ältlicher Herr, Wachholder genannt, und drittens — ein junges Mädchen (beruhige Dich, Nannette, sie war höchstens elf Jahre alt, als wir schieden), Namens Elise Ralff. Wir wohnten in einer großen Stadt, wo es viel Staub gibt, und aus der sie mich, höchst wahrscheinlich aus Sorge um meine Gesundheit, wegjagten, weil jener Staub mich stets zum Husten brachte, ziemlich dicht zusammen, und betrugen uns gegeneinander, wie gute Freunde sich betragen müssen. Sogar der Pudel Rezensent, mein vierter Freund, fühlte oft eine menschliche Rührung darüber; wie es in der Tat ein vortreffliches Vieh ist, was Du auch dagegen sagen magst, Nannerl!

Und nun höre — grimme Othelloin, das „Liebe und Getreue" gilt den d r e i Freunden und ‚halt' nicht einem Frauenzimmer, Du Eifersucht!

Da wir nun aber einmal dabei sind, so laß Dir auch weiter erzählen, liebe Nannette. Mit diesen Freunden lag ich an dem Tage, an welchem ich den letzten Staub von den Füßen über jene Sand-Stadt schüttelte, in einem Holze, wo wir den ganzen Tag über Vogelnester gesucht, Blumen gepflückt und Märchen erzählt hatten, als auf einmal ein Gefühl bodenloser Einsamkeit und moralischen Katzenjammers u. s. w. u. s. w. über mich kam. Da stieg plötzlich, mitten im grünen Walde, wo die Vögel so lustig sangen, und die Sonne so hell und fröhlich durch die Zweige schien, ein Gedanke in mir auf, ein Gedanke an ein kleines hübsches Mädchen, mit welchem ich einst zusammen gespielt, und an das ich oft, oft gedacht hatte in späteren Jahren. — Daran aber dacht' ich in dem Augenblick nicht, daß zwischen dem Kinderspiel und dem Waldtage so lange Zeit lag; — ich dachte — ich dachte: Heinrich warum gehst du nicht nach München, wo du geboren bist, wo dein Onkel Pümpel, wo dein — kleines liebes Mühmchen Nannette wohnt?

Wie ein Lichtstrahl, viel heller und fröhlicher als die Sonne — durchzuckte mich das, ich sprang auf, warf den Hut in die Luft und schrie: ‚Hurra, ich gehe nach München zu meinem Onkel Pümpel, zu meiner Cousine Nannerl!‘ — Die Freunde sahen mich verwundert und lächelnd an, und der Lehrer Roder sagte: ‚Junge, das wäre prächtig, wenn Du — solide würdest!‘

(Gib mir einen Kuß, Schatz, und ich erzähle weiter.)

Sieh', da wand die kleine Lise Ralff dem Pudel einen hübschen Waldblumenkranz um den Pelz, sie drückten mir alle die Hand — das kleine Mädchen weinte sogar — und — — — ich ging nach München.

Lange Jahre waren hingegangen, seit ich meine Vaterstadt nicht gesehen hatte, und ganz wehmütig gestimmt, schritt ich in der Abenddämmerung durch die alten bekannten Gassen der Altstadt. Da lag das Haus meiner Eltern; — Fremde wohnten darin. Ich lugte durch die Ritze eines Fensterladens und sah zwei Kinder, die allein am Tische bei der Lampe saßen; sie waren sehr eifrig in ein Gänsespiel vertieft, und ich dachte an unsere Jugend, Nannerl, und das Herz ward mir immer schwerer, — Seidelgasse Nr. 20, da stand ich nun vor einem andern Haus. Dort hing ein altes wohlbekanntes Schild: ‚Pümpel's Buchhandlung' darauf gemalt. Der Laden war bereits geschlossen, der Onkel jedenfalls schon im Hofbräuhaus; ein Lichtschein erhellte noch die Fenster des obern Stockwerks.

Ich wagte kaum die Klingel zu ziehen. Endlich tat ich's aber doch. Mein Gott, ebenso jämmerlich klang die Glocke schon vor zehn Jahren. Schlürfende Schritte näherten sich — die Tür ging auf; wahrhaftig da war sie noch, die dicke Waberl, eher jünger als älter! Der Pudel und ich hätten sie beinahe über den Haufen geworfen; sie kannte mich nicht und stand starr vor Schrecken und Verwunderung, als ich mit meinem vierbeinigen Begleiter in zwei Sätzen die Treppe hinauf war.

Eine kleine runde ... (Au, mein Ohr! Hör' einmal, Nannette, das ist das Ohr, in welches es bei mir ‚hineingeht', was wird das für eine Ehe abgeben, wenn Du mir das abkneifst. Nannette, ich würde in Deiner Stelle mal das andere, zu welchem es ‚herausgeht', nehmen!) Dame trat mir entgegen:

‚Der Vater ist nicht zu Haus, mein Herr!' — — — Ich antwortete nicht, sondern nahm ihr das Licht aus der Hand, — die kleine runde Dame erschrak ebenfalls gar sehr, — und hielt es so, daß mir der Schein voll ins Gesicht fiel.

‚Herr Gott, der Vetter Heinrich!' rief die kleine rrr Dame (Nannette, sag' mal, ich glaube, ich habe Dir in dem Augenblick einen Kuß gegeben?)

‚O welch' abscheulicher Bart — — und eine Brille trägt er auch! Waberl, Waberl, schnell nach dem Bräuhaus: der Vetter Wimmer sei da!'

Ja, er war da, der Vetter Heinrich Wimmer, und der alte Onkel kam auch; er umarmte den Landläufer und steckte ihn in seinen Sonntagsschlafrock; er wollte — — ja, was wollte er nicht alles! Der Pudel sprang wie toll und machte sogleich, als ein vernünftiger Köter, Freundschaft mit dem dicken Pümpelschen Kater Hinz.

Und dann — dann ward ich Redakteur der ‚Knospen‘, unter der Bedingung, den fatalen politischen Husten vorher erst auszuschwitzen; dann ward ich von Deinem Papa, meinem guten, dicken, vortrefflichen Onkel in den deutschen Buchhandel ‚eingeschossen‘, und dann — — — Nun, Nannette, und dann? — — — — — — — — — — —

— — — — — Meine Herren und Freunde, was hab' ich Ihnen da geschrieben! — So geht's, wenn man verlobt ist und neben seiner Braut einen Brief schreiben will! Die reine Unmöglichkeit! Statt eines soliden, nach allen Regeln der Logik und Briefschreibekunst abgefaßten Berichts, schmiere ich Ihnen meine Unterhaltung mit dem Frauenzimmer. 's ist göttlich!

Nun — was tut's? Die Hauptmomente meiner Geschichte habt Ihr doch bei der Gelegenheit erfahren. Ich habe eine neue Seite meines Lebens aufgeschlagen; und wer hat diese vita nuova bewirkt? Der edle Polizeikommissar Stulpnase nebst seinen Myrmidonen und — meine kleine Beatrice, genannt Nannette Pümpel! Gesegnet sei das Haus Pümpel et Comp. bis ins tausendste Glied!! —

Ich schließe. Meine gentilissima verlangt ebenfalls Platz auf diesem Bogen. Mich soll's wundern, was sie schreiben wird, ihre Augen leuchten gar arglistig.

Dr. Wimmer.

Liebe, kleine Elise!

Obgleich wir uns noch nicht mit Augen gesehen haben, so kann ich doch halt nicht unterlassen, Dir, Herz, diesen ganz kleinen Brief zu schreiben, der böse Mensch hat nicht viel Raum übergelassen. So ganz böse freilich ist er doch nicht, denn er hat mir viel Gutes und Schönes von Dir erzählt, aber sage doch den beiden Herren, die ich auch nicht kenne, daß sie das törichte Zeug, was er alles geschrieben hat, halt nicht alles glauben. Ich hab' ihn durchaus nicht so viel ins Ohr gekneift, als er sagt. — Liebes Kind, Ihr müßt uns einmal alle besuchen. Ich habe zwei Kanarienvögel und einen Stieglitz, der sich sein Futter selbst herauf zieht. Ich hätte Dir gern eins von den Vögelchen geschickt, aber der Onkel Doktor meint, sie könnten das Fahren nicht vertragen, das könnte selbst sein häßlicher Puhdel nicht. Es ist nur gut, daß das schwarze Tier sich so vor meinem schönen bunten Hinz fürchtet; sie beißen sich zwar halt nicht, aber sie sehen sich oft schief an von der Seite. Liebes Kind, besuche uns einmal und grüße den Herrn Onkel Wachholder und den Herrn Lehrer recht schön;

Deine unbekannte Freundin
N a n n e t t e P .

P . Scr. Verehrtester, überreichen Sie doch meiner dicken Freundin, der Madam Pimpernell, beifolgende drei Fünftalerscheine; da wird ein noch zu tilgender Schuldenrest sein.

Dr. W.

P . Scr. Ich muß in die Küche, sonst hätte ich mich eben noch recht über den Doktor zu beklagen. Er ist recht böse. Gestern hat er sein Tintenfaß über meine beste Tischdecke gegossen. Das geht mein Lebtag nicht wieder heraus! — Aber das ist das wenigste. — 's ist nur gut, daß ich den Tabaksdampf gewohnt bin, auch mein Papa macht furchtbare Wolken, und die Gardinen müssen nun noch einmal so bald gewaschen werden. Adieu!

N a n n e t t e .

P . Scr. Der Onkel Pümpel hat sich's in den Kopf gesetzt, dem armen ‚Puhdel', wie Nann'l schreibt — auf seine alten

Tag' noch das „Todstellen" beizubringen.

Dr. W.

P . Scr. Bier mag er schon! (Ich meine halt den Pudehl —
so wird's wohl recht geschrieben sein) Gott, ich muß
wirklich in die Küchen!

N.

P . Scr. Nannette ist fort! Meine lieben Freunde, ich bin
sehr glücklich und fidel! Ich hoffe auf baldige Nachrichten
von Euch allen. Gruß und Brüderschaft!

Euer

H . Wimmer."

Welchen Jubel hatte einst dieser Doppelbrief mit seinen
Postskripten in der Sperlingsgasse erregt! Wie tanzte an
jenem Augustnachmittag im Jahre 1841, als er ankam, der
Lehrer Roder mit der kleinen Elise im Zimmer herum! Heute,
wo ich ihn wieder hervorsuchte, ist weder Roder bei mir, —
sie haben ihn im Jahr Achtzehnhundertundneunundvierzig
nach Amerika gejagt, s i e f ü r c h t e t e n sich gewaltig vor
ihm — noch guckt das kleine Lischen, auf einem Stuhl
stehend, mir über die Schulter. Aber allein bin ich doch
nicht beim Wiederlesen; trotz dem Regen hat sich der
Zeichner Strobel herausgewagt und ist, da das Glück dem
Kühnen lächelt, wohlbehalten, wenn auch etwas
durchnäßt, bei mir angekommen.

„Es ist ein prächtiges Ehepaar geworden," sagte er
lächelnd, indem er mir die Nadel einfädelte, mit welcher ich
das Dokument der Chronik anheften wollte. „Seit der
Doktor den bösen politischen Husten, der ihn sonst plagte,
losgeworden ist, hat er einen Umfang gewonnen, dem nur
das Embonpoint der kleinen fidelen Frau Doktorin Nannerl

nahe kommt. Und diese kleinen fetten Wimmerleins: Hansl, Fritzl und Eliserl, „das jüngste Wurm", wie der Doktor sagt! — Und diese Nachkommenschaft des edeln Rezensent! — Für jedes Wimmerlein ein Pudel, einer immer schwärzer und schnurrbärtiger als der andere. Wie heißen sie doch? Richtig: Stulpnas (gewöhnlich Stulp abgekürzt), Tinte und Quirl. Es ist ein Schauspiel für Götter, die Familie spazieren gehen zu sehen. Voran schreitet der Doktor mit dem alten Großvater Pümpel, dann folgen Tinte und Quirl, die den Korbwagen ziehen, in welchem das „Kroop" Elise liegt. Neben ihnen trabt Stulp mit des Doktors Hut und Stock, und zuletzt kommt die Nannerl, an der Rechten den Hans, an der Linken den Fritz. Von Zeit zu Zeit treibt sie mit dem Sonnenschirm das Paar der Zugtiere an oder ruft dem Doktor zu:

„Wimmer, Du wirst gleich Dein Taschentuch verlieren!"

oder:

„Wimmer, renne nicht so mit dem Vater. Wir kommen halt nicht mit!"

oder:

„Wimmer, Stulp hat nur noch Deinen Stock!"

Dann dreht sich der Doktor gravitätisch um, wirft einen Feldherrnblick über den langsam daher ziehenden Heereszug, pustet und fächelt, knöpft die Weste auf, bindet das Halstuch ab, oder zieht wohl gar den Rock aus und sagt:

„Schatz, das Spazierengehen müssen wir aufstecken. Beim Zeus! es wird zu angreifend für unsereinen! — Stulp, Schlingel, hol' meinen Hut — dort allons!"

Während nun der Zug so lange hält, bis Stulp mit dem Verlorenen zurückkommt, sagt der Alte wohl:

„Heinerich, paß auf, das neue Komplimentierbuch geht nicht!"

„Weshalb nicht, Papa?"

„Wir sind hier zu Lande nicht recht daran gewöhnt!" lautete die Antwort.

„Das weiß ich schon aus den Nibelungen und dem Parcival," sagt der Doktor, eine gewaltige Rauchwolke auspuffend. „Es soll aber schon ,gehen', Onkel und Schwiegerpapa Pümpel! Das Ungewohnte und Ungewöhnliche macht am meisten Glück. Fritzl, laß den Frosch in Ruhe, setz' ihn wieder ins Gras, sonst kriegst Du ihn gebraten zum Abendessen, was keinem jungen Bayern angenehm sein kann! — Vorwärts! `Yankee doodle doodle dandy!`" Damit setzt sich das Haus Pümpel & Komp. wieder in Marsch.

Ich lachte herzlich über diese Schilderung. „Es wachse,

blühe und grüne das Haus Pümpel & Kompagnie wie — wie
— —"

„Hopfen! — Vivat hoch!" schrie der Zeichner, nahm den
Hut und trabte wieder davon. Wo er gesessen hatte, stand
ein kleiner Sumpf Regenwasser: einen Schirm brauchte ich
ihm also nicht anzubieten.

Wie traurig hat dieser Tag geendet! Ich wollte die Geschichte der armen Tänzerin über mir, die wir einst auf den Weihnachtsmarkt begleiteten, nicht erzählen aus Furcht, diesem Bilderbuch eine dunkle Seite mehr zu schaffen, aber die unsichtbare Hand, welche die gewaltigen Blätter des Buches Welt und Leben, eins nach dem andern umwendet, mit ihren zertretenen Generationen, gemordeten Völkern und gestorbenen Individuen, will es anders, als der kleine nachzeichnende Mensch. Dunkel wird doch dieses Blatt, dunkel — wie der Tod!

„Herr Wachholder," sagte die Frau Anna Werner, die um neun Uhr abends an meine Tür klopfte. „Herr Wachholder, das Kind der Tänzerin stirbt in dieser Nacht! Der Doktor Ehrhard, der eben oben ist, hat's gesagt. Ist's nicht schrecklich, daß die Mutter in diesem Augenblicke tanzen muß? Sie haben ihr nicht erlauben wollen, die schlechten Menschen, wegzubleiben diesen Abend: es wäre heute der Geburtstag der Königin, sie m ü s s e tanzen!"

Arme, arme Mutter! Ein hübscher, leichtsinniger Schmetterling, gaukeltest du, bis die Verführung kam und siegte. Verlassen, verspottet, suchtest du dein Glück nur in den Augen, in dem Lächeln deines Kindes und jetzt nimmt dir der Tod auch das!

Arme, arme Mutter! Mit geschminkten Wangen und dem Tod im Herzen zu tanzen! Du hörst nicht die tausend jubelnden Stimmen der Menge, du hörst nicht die rauschende Musik: das Ächzen des winzigen sterbenden Wesens in der fernen Dachstube übertönt alles. — Ich steige die enge, dunkle Treppe hinauf, die zu der Wohnung der Tänzerin führt. Frau Anna und der gute, alte Doktor Ehrhard sitzen an dem Bettchen des kranken Kindes. Eine

159

verdeckte Lampe wirft ein trübes Licht über das kleine Zimmerchen! hier und da liegt auf den Stühlen phantastischer Putz; eine schwarze Halbmaske unter den Arzneigläsern auf dem Tische. Der Doktor legt das Ohr dem Knaben auf die Brust und lauscht den schweren, ängstlichen Atemzügen; ich stehe am Fenster und horche in die Nacht hinaus. Der Regen schlägt noch immer gegen die Scheiben; aus einem Tanzlokal der niedrigsten Volksklasse dringen die schrillen, schneidenden Töne einer Geige bis hier herauf. — Jetzt zieht der Doktor die Uhr hervor und sagt leise und ernst:

„Sie muß sich beeilen!"

Das Kind stöhnt in seinem unruhigen Schlaf; die Hand des Todes drückt schwer und schwerer auf das kleine, unwissende Herz, dem sich gleich ein Geheimnis enthüllen wird, vor welchem alle Weisheit der Erde ratlos steht.

Auf der Sophienkirche schlägt es dumpf Zehn. Der Wind macht sich plötzlich auf und rüttelt an den schlechtverwahrten Fenstern. Die Februarnacht wird immer unheimlicher und düsterer.

Unter Blumenkränzen sich verneigend, steht jetzt im Theater die große, berühmte Künstlerin, die Menge jubelt und klatscht Beifall; der König, die Königin, das Publikum haben sich erhoben; — der schwere, goldbesternte Vorhang rollt langsam nieder. Die bleiche Königin ist müde in ihren Wagen gestiegen; die große Künstlerin nimmt die Glückwünsche und Schmeicheleien der sie Umgebenden in Empfang; leer wird das eben noch so menschengefüllte Opernhaus und — die arme Choristin ist halb bewußtlos an einer Kulisse zu Boden gesunken, um, wie aus wildem Traume zu noch wilderer Wirklichkeit erwachend, mit dem herzzerreißenden Schrei: „mein Kind! mein Kind!" fortzustürzen. — Wir in dem kleinen Dachstübchen haben das nicht gesehen, nicht gehört, aber jeder kürzer werdende Atemzug des sterbenden Kindes sagte uns, was dort in dem lichterglänzenden, musikerfüllten Gebäude am anderen Ende der großen Stadt geschehe.

Horch! Ein Wagen rasselt heran; er hält drunten.

„Die Mutter," sagt der Doktor aufstehend. „Es war Zeit!"

Ein eiliger Schritt kommt die Treppe herauf; eine Frau, in einen dunkeln Mantel gehüllt, erscheint todbleich und atemlos in der Tür. Sie läßt den regenfeuchten Mantel fallen, und im phantastischen Kostüm der Teufelinnen, wie wir es in Satanella sahen, stürzt sie auf das Bettchen zu.

„Mein Kind! Mein Kind!" flüstert sie, in gräßlicher Angst den Doktor ansehend. Sie beugt sich, sie hört den leisen Atem des Kindes: Es lebt noch! — Das schwarze Lockenhaupt mit dem Flitterputz von Glasdiamanten und feuerroten Bändern sinkt auf das ärmliche Kissen.

„Mama! liebe Mama!" stöhnt das sterbende Kind, mit dem kleinen fieberheißen Händchen durch die schwarzen Haare der Mutter greifend, daß die Steine darin blitzen und funkeln. — — Jetzt läuft ein Schauer über den kleinen Körper — — —

„Vorüber!" — sagt der alte Doktor dumpf, mir die Hand drückend.

Frau Anna und eine Nachbarin blieben die Nacht bei der armen bewußtlosen Mutter.

Gestern Nachmittag begannen die schweren Regenwolken, die wochenlang über der großen Stadt gehangen hatten, sich zu heben. Sie zerrissen im Norden wie ein Vorhang und wälzten sich langsam und schwerfällig dem Süden zu. Ein Sonnenstrahl glitt pfeilschnell über die Fenster und Wände mir gegenüber, um ebenso schnell zu schwinden; ein anderer von etwas längerer Dauer folgte ihm, und jetzt liegt der prächtigste Frühlingssonnenschein auf den Dächern und in den Straßen der Stadt. Wahrlich, jetzt gleicht die Stadt nicht mehr einem scheuergeplagten Ehemann; sie gleicht vielmehr seiner besseren Hälfte, die nun ihre Pflicht getan zu haben meint, erschöpft auf einen Stuhl zum Kaffeetrinken niedersinkt und lispelt: „Puh! hab' ich mich abgequält, aber Gottlob, nun ist's auch mal wieder rein!"

Ja, rein ist's! Verschwunden ist der Schnee, der zuletzt doch gar zu grau und unansehnlich geworden war; viel mißmutige, verdrossene Gesichter haben sich aufgehellt, und — die kleine Leiche von oben ist fort. Die alte Großmutter Karsten hat auch ihr nachgeblickt; sie hat die arme Mutter auf die Stirn geküßt, als man den Sarg hinabtrug, und hat, gleichsam als wundere sie sich über etwas, lange das Haupt geschüttelt. Wer weiß, wie viele jüngere Leben sie noch dahin schwinden sieht.

Ich habe diese Blätter, glaub' ich, einmal ein Traumbuch genannt; — wahrlich, sie sind es auch.

Wie Schatten ziehen die Bilder bald hell und sonnig, bald finster und traurig vorüber. Jetzt ist der dunkle Grund, aus dem sie sich ablösen, ganz bedeckt von Leben und Jubel; jetzt taucht wieder die unheimliche finstere Folie auf. Die Freude verstummt, der Jubel verhallt, es ist tote Nacht allenthalben, die nur dann und wann ein Klagelaut

unterbricht. Sei die Nacht aber auch noch so dunkel, ein
Stern funkelt stets hinein: Elise! — Ich brauche nur in meine
alten Mappen und Erinnerungsbücher mich zu versenken,
und die Gespenster entfliehen, die Nebel sinken, und es wird
wieder fröhlicher Tag in mir.

Elise!

Die Knospe, die hundert duftige Blumenblätter in ihrer
grünen Hülle einschloß, entfaltet sich wie ein süßes,
liebliches Geheimnis. Noch ein warmer Kuß der Sonne, und
die Centifolie, den reinen Tautropfen der Jugend und der
Unschuld im Busen, ist die schönste der Erdenblüten.

Ich glaube an keine Offenbarung, als an die, welche wir
im Auge des geliebten Wesens lesen; sie allein ist wahr, sie
allein ist untrüglich; in dem Auge der Liebe allein schauen
wir Gott „von Angesicht zu Angesicht". Die Zunge ist
schwach, und des Menschen Sprache unvollkommen; die
Schrift ist noch schwächer und unvollkommener, und ein
Blatt Papier zum Urquell der Erkenntnis des ewigen Geistes
machen zu wollen, ist ein arm töricht Beginnen. Ich drücke
die Augen zu, und — s i e ist vor mir mit ihrem süßen
Lächeln, s i e schlägt sie auf, diese großen, blauen Augen, in
denen ich Trost suche und finde. Elise, Elise, nun bist du ein
großes, schönes Mädchen geworden, und das Bild dort,
welches dein toter Vater von deiner toten Mutter malte,
gleicht einem Spiegel, wenn du so sinnend davor stehst und
so süßtraurig lächelnd zu ihm emporblickst. Die wilden
Spiele, die tollen Streiche in dem Hause und auf der Gasse
sind vorüber (wenn auch noch nicht ganz, Schelm); wo du
sonst lachtest, Elise, lächelst du jetzt, wo du sonst weintest
und klagtest, senkst du jetzt die Augen und träumst: wo du
sonst den Schürzenzipfel in den Mund stecktest oder die
Ärmchen auf dem Rücken ineinander wandest, fliegt jetzt
ein hohes Rot über deine Wangen, — du bist eine Jungfrau

geworden in den Blättern der Chronik, Elise!

Oftmals lässest du, vor dem Nähtischchen deiner Mutter
unter der Efeulaube sitzend, die Arbeit lauschend in den
Schoß sinken, das Köpfchen in das dichteste Blätterwerk
verbergend. Eine helle, frische Stimme klingt dann von
drüben herüber, ein Studentenlied anstimmend. Wo will
Flämmchen hin, Elise? — Einen Augenblick sitzt es auf ihrer
Schulter, ihr ins Ohr zwitschernd, als habe es ihr ein
wichtiges, ein gar wichtiges Geheimnis mitzuteilen, dann
verschwindet es aus dem Fenster. Wo ist es geblieben?

Die Stimme drüben, die plötzlich mitten in ihrem Gesang
abbricht, gibt Antwort darauf. Ein wohlbekanntes, wenig
verändertes, braunes Gesicht, von dunkeln Locken umwallt,
erscheint in Nr. Zwölf am Fenster; es ist der junge Maler
Gustav Berg, der Vetter Gustav, der einstige Taugenichts der
Gasse, jetzt ein „denkender" Künstler und, wie man
munkelt, oft genug der „Taugenichts des Ateliers" beim
Meister Frey in der Rosenstraße.

„Cousine, Cousine Elise! Onkel Wachholder!" ruft er. „Die
Mama ist außer sich! Flämmchen hat ein Leinölglas
umgestoßen, und — Unordnung über Unordnung — nicht
nur eine sehr angenehme Verschönerung auf dem
Fußboden, sondern auch eine sehr unangenehme
Verbesserung auf meiner Zeichnung angebracht. Es ist keine
Möglichkeit, weiter zu arbeiten! Wie wär's mit einem
Spaziergang?"

Ich denke lächelnd an den Doktor Wimmer, der auch einst
oft genug ähnliches von drüben herüber rief; die Chronik
der Sperlingsgasse hat ihre Wiederholungen, wie alles in der
Welt. — Elise setzt ihren Strohhut auf, und wir gehen
hinüber. Auf der Treppe schon empfängt uns Gustav, noch
im leichten farbebeschmutzten Malrock, den Kanarienvogel

auf dem Finger.

„Da ist der Verbrecher," lacht er. „Sieh, Lischen, wie unschuldig er aussieht, gerade wie Du, die doch auch um kein Haar breit besser ist als er."

„Was? — Was hab' ich denn verbrochen?" fragt Elise.

„Höre nicht auf den bösen Menschen," sagt die Tante Helene, die jetzt in der Tür erscheint.

„So; — das ist ja prächtig, Mama! höre nicht auf den bösen Menschen! Das ist himmlisch! Onkel Wachholder, das Frauenzimmervolk hängt wie Pech zusammen; ich rufe Sie zum Richter auf. Aber kommen Sie herein, die Sache ist zu wichtig, als daß man sie auf der Treppe abmachen könnte."

Wir treten ein, jeder sucht sich einen Platz und Gustav beginnt:

„Hören Sie zu, Onkel! Heute morgen gehe ich, mit meiner Zeichenmappe unter dem Arm, ganz solide von hier weg. Die besten Vorsätze und Gesinnungen bewegten meinen Busen, und ich rechnete mir innerlich für den immensen Fleiß, den ich heute beweisen wollte, verschiedene Bummeleien zugute. Ich wollte, ich hätte das Selbstgespräch, welches ich hielt, stenographieren können, es würde mir jetzt von großem Nutzen sein. An mancher Scylla und Charybdis, wo meine guten Vorsätze sonst dann und wann gescheitert waren, war ich diesmal glücklich vorbei gesegelt. Als mich Thomas Helldorf aus seinem Fenster anbrüllte, hatte ich mich taub gestellt, als aus Schnollys Konditorei Leopold Dunkel mir zuwinkte, hatte ich mich blind gestellt; gefühllos zu sein, hatte ich geheuchelt, als Richard Breimüller mich in die Seite stieß und mir den Arm fast ausrenkte, um mich mit zu einem großartigen Frühstück zu ziehen, welches die unmoralischen Menschen, die Freiwilligen von den Zweiunddreißigern, gaben. Ich entwickelte eine riesige Moral! Da biege ich im vollen Gefühl meiner Sittlichkeit um die Ecke, die auf den Gemüsemarkt führt und — renne gegen einen Korb oder vielmehr eine Korbträgerin, welche mir entgegen kommt und mir ohne weiteres mit ihrem Sonnenschirm den Weg versperrt ...“

„Oh, dieser Lügner!“ fällt hier Elise ein. „Wer hat Dir den Weg versperrt? Hast Du mich nicht angehalten? Hast Du mir nicht einen Korb weggenommen! Du ...“

... „Die mir also den Weg versperrt und ...“

„Verleumder! — Hast Du mir nicht meinen ganzen Korb umgekramt und die größte Mohrrübe hervorgezogen, um sie auf der Stelle mit dem Messer ...“

... „Die mir, wie gesagt, den Weg versperrt und sagt: Sieh, das ist prächtig, Gustav; jetzt sollst Du wider Deinen Willen einmal zu etwas nützlich sein; hier, nimm meinen Korb! — Kannst Du das leugnen, Lise?“

„Onkel, er lügt entsetzlich,“ sagt Elise, „er verdreht die ganze Geschichte. Ich hätte i h n doch nicht den Korb tragen lassen?! Er war es, der ihn nicht wieder herausgab, und da er noch dazu zwischen jedem Biß, den er an seine Mohrrübe tat, an einem Rosenstrauß roch, welchen er ebenfalls herausgewühlt hatte, so sagte ich: Ich habe keine Zeit mehr und ...“

„Onkel Wachholder,“ unterbricht jetzt Gustav, „ich verband das Schöne mit dem Nützlichen! Mama, sind rohe Mohrrüben nicht etwa gut gegen — gegen alles Mögliche?“

... „Ich habe keine Zeit mehr, und wenn Du den Korb einmal nicht wieder herausgeben willst, so behalte ihn und schleppe ihn, meinetwegen!“

„Siehst Du! Seht Ihr! Da gesteht sie ihre Schlechtigkeit selbst ein. Denken Sie, Onkel Wachholder, auf einmal dreht sie sich um, rennt davon wie eine Gazelle und läßt mich an der Ecke stehen wie ein Kamel, beladen mit Rosen von Schiras und Gemüse aus dem Tal von Schâm. Elise, Lischen, Cousine Ralff! rufe ich aus vollem Halse; Lise, mit dem Korb kann ich doch nicht ins Atelier gehen! Himmlische Cousine Lischen, befreie mich von diesem Stilleben! — Wer aber nicht hört, ist Elise. Was war zu tun? Ich setze mich in Trab; mit Korb und Mappe, mit Rüben und Rosen hinter ihr her. Solch eine Jagd! — Von Zeit zu Zeit sehe ich ihren Strohhut oder ihr blaues Kleid zwischen dem Schwefelholz-, Herings-, Butter- und Käsehandel — ich glaube sie zu haben, — Täuschung, da ist sie wieder hinter einer Bude verschwunden! Ich fange an, dem kaufenden und verkaufenden Publikum sehr lächerlich zu werden mit meiner Mohrrübe, die ich noch immer krampfhaft in der Hand halte. Ich trete in einen Eierkorb! Riesiger Skandal! — Die Polizei erscheint! ‚Verkoofen Se Ihr Grünkraut sachte,‘ sagt grinsend Polizeimann Nr. 69, ‚immer langtemang!‘ — Ich bezahle für den Eierkorb mit blutendem Herzen und gelben Stiefeln; von Elise keine Spur! — Neue Jagd, — ich glitsche über einen Kohlstrunk aus, — baff, da liege ich mit Korb und Mappe; Kohlrüben, Rosen, Zwiebeln, meine Zeichnungen und Elisens Marktrechnungen im malerischen Durcheinander um mich her. ‚O Jotte, det arme Kind,‘ sagt eine dicke Gemüsefrau, ‚ebent in die Eier und nu in den D...! Soll ich Se ufhelfen, Männeken?‘ — ‚Immer langtemang,‘ grinst wieder Polizeimann Nr. 69, der mir wie mein böses Prinzip gefolgt ist. — Ich suche meine Schätze, die ich zu allen Teufeln wünsche, gleich im Liegen auf und erhebe mich dann in einer wirklich anmutigen Verfassung. Außer Atem und hinkend schlage ich mich durch die Menge und sinke auf den Eckstein an derselben Ecke, wo mein Leiden begonnen hatte. Ich stelle den Korb zwischen die Beine und starre mit äußerst bitterem Gefühl hinein. Soll ich das Ungetüm wirklich hinschleppen nach der Sperlingsgasse? Vorüber an der Kaserne der Zweiunddreißiger und an Schnollys Konditorei? — Einen Spitznamen hätte ich und meine ganze Nachkommenschaft weg — drei Ellen lang! Mein innerster Mensch sträubt sich zu mächtig dagegen. Eine Droschke konnte ich nicht nehmen, denn meinen Geldvorrat hatte das Eierunglück aufgefressen, es blieb mir

167

nichts anderes übrig, als eine neue Mohrrübe abzukratzen, meine Verzweiflung an ihr zu verbeißen. Das kommt davon, wenn man mit soliden Vorsätzen von Hause weggeht! Wie gemütlich hätte ich in dem Augenblick, statt auf diesem fatalen Eckstein, bei dem Frühstück der Freiwilligen sitzen können! Ich weiß nicht, wie lange ich so brütend dagekauert habe, als ich plötzlich, um zum Himmel zu schauen, meinen Blick aufschlage, aber ihn halbwegs erstarrt ruhen lasse! — — D a   s a ß   s i e! — Kichernd lehnt sie an dem Eckstein der anderen Straßenecke, mir gegenüber, eine große, grüne, angebissene Birne in der Hand! ‚Guten Morgen, Vetter!' lacht sie, ohne sich vom Fleck zu rühren. ‚Könntest Du mir jetzt vielleicht meinen Korb geben? Ich muß wirklich nach Haus; der Onkel kriegt sonst nichts zu essen!' — Ich fahre mit der Hand über die Stirn, ich muß wirklich erst meine Sinne zusammensuchen: ich stoße einen tiefen Seufzer aus, — da erhebt sie sich, als schicke sie sich an, wieder fortzurennen. In Todesangst springe ich auf, bin mit einem Satz mit dem verdammten Korb an ihrer Seite, hänge ihn ihr an den Arm und sinke nun auf den Eckstein neben ihr, um auch ihn als Sitzmittel zu probieren. — ‚Hab' ich Dich aber gesucht, Gustav!' hohnlächelt die Boshafte. ‚Gott, wie siehst Du aus? Wo hast Du denn gesteckt?' — ‚Δαιμονίη!' murmele ich dumpf, während es noch dumpfer auf der unierten Kirche Elf schlägt, und die Atelierzeit ihrem Ende naht; und so ziehen wir nach Haus, Elise immer kichernd voran, ich hinkend hinter ihr her, meine Rockschöße vorsichtig zusammenhaltend. Eine derangierte Toilette, ein leerer Geldbeutel, müde Beine, ein gräßlicher Nachgeschmack von den fatalen Mohrrüben, und das bodenlose Gefühl, mich unendlich lächerlich gemacht zu haben, das waren die Ergebnisse dieses Morgens! Und nun richten Sie, Onkel Johannes!"

„Onkel, laß das Richten nur sein," sagt Elise. „Er hat sich schon selbst gerichtet. Hat er nicht?"

„Ich glaube auch," sagt die Tante Berg.

„Ich desgleichen," gebe ich mein Verdikt ab.

„Das dachte ich wohl," brummt der denkende Künstler. „Wann hätte je die Unschuld gesiegt?! Abgemacht. Wie wird's nun mit unserem Spaziergang?"

„Ja, wo wollen wir hin?" ruft Elise, und Gustav meint:

„Ein Vorschlag zur Güte: wir gehen nach dem Wasserhof; da ist bal champêtre! Was meinst Du, Lischen?"

„K a n n man da hingehen?" fragt die Tante Berg bedenklich.

„Warum nicht? Sind w i r doch dabei!" sagt der denkende Künstler, gravitätisch den Halskragen in die Höhe zupfend „Übrigens ist heute auch das Atelier mit seinen Schwestern da; ebenso der Professor Frey mit seinen sechs Nichten, und ..."

„Nach dem Wasserhof!" rufe ich elektrisiert. „Tante Berg, man k a n n dahin gehen!"

Und wir gehen hin. —

Wer kennt nicht den Wasserhof? Hat ihn nicht Goethe im ‚Faust' unsterblich gemacht? „Der Weg dahin ist gar nicht schön." Welcher Weg um diese Stadt ist schön? Es lebe der Wasserhof! Da gibt es Schatten und kühle Lauben am Tage; Musik, bunte Lampen und fliegende Johanniswürmer am Abend; da gibt es Kellner mit einst weißen Servietten, die in der rechten Hosentasche stecken; da gibt es vor allem einen — prächtigen Tanzplatz im Grünen!

„Lischen, heute Morgen hast Du mir einen Korb gegeben; ich will Dir das verzeihen, wenn Du mir jetzt keinen anhängen willst: Mein Fräulein, darf ich um den ersten Walzer bitten?"

„Laß uns erst ankommen, Vetter!" sagt Lischen, die auf dem ganzen Wege stets die Vorderste wäre, wenn nicht Gustav gleichen Schritt mit ihr hielte. — —

Da sind wir! Heda, da sitzt schon der alte Meister Frey mit der langen Pfeife hinter einer Flasche Wein, behaglich dem lustigen Treiben zuschauend, und lächelnd das schwarze Käppchen auf den langen, weißen Haaren hin und her schiebend. Schon aus der Ferne winkt er uns, als wir uns durch die Menge drängen, und ruft uns sein „Willkommen" entgegen. Hurra, da ist das „Atelier mit seinen Schwestern", wie Gustav sagt, und die sechs Nichten des Professors. Eine lustige Gruppe: lange Haare, schwarze Sammetröcke, Kalabreser mit gewaltigen Troddeln; dann wieder weiße Kleider, bunte Bänder, Strohhüte; und Gustav und Elise natürlich sogleich mitten dazwischen. Beim heiligen

171

Vocabulus, ist das nicht der lange Oberlehrer Besenmeier, der da, *aptus adliciendis feminarum animis,* der dicken Frau Rektorin Dippelmann einen Stuhl erobert? Wahrlich, er ist's, und da ist der Rektor selbst, der Ruten und Beile so vollständig abgelegt hat, daß ihn in diesem Augenblick jeder Sekundaner, ohne böse Folgen, um — Feuer für seine Zigarre bitten könnte. Wen haben wir hier? Darf ich meinen Augen trauen! der königliche Professor der Gottesgelahrtheit, Hof- und Domprediger Dr. Niepeguck!? — Wirklich, er ist's; mit Frau und Kindern steuert er durch die Menge. „Weg die Dogmatik!" lautet das Studentenlied: warum sollte der alte Hallenser das an einem solchen prächtigen Abend nicht auch noch einmal in — das Doppelkinn summen dürfen? Wie die Universität vertreten ist! Professoren! Privatdozenten und Studenten von allen Fakultäten und Verbindungen! Dacht' ich mir's doch, da sind die „unmoralischen Menschen", die Freiwilligen! Natürlich durften sie nicht fehlen! —

„Guten Abend, Cäcilie, Anna! Guten Abend, Elise, Johanne, Klärchen, Josephine! Das ist ja prächtig, daß Ihr auch da seid!" schwirrt und summt das durcheinander!

„Gott, wo bleibt mein Tänzer! der abscheuliche Mensch wird mich doch nicht ‚s i t z e n ' lassen?!"

„Auf keinen Fall, mein Fräulein!" sagt der Auskultator Krippenstapel, sein ambrosisches Haupt über die Schulter der erschrockenen Sprecherin streckend und etwas von „nur Personalarrest" murmelnd.

„Lischen, keinen Korb — bitte!" ruft Gustav, ein Paar wundersame Handschuhe anziehend und eine Rosenknospe ins Knopfloch steckend.

„Nun, Vetter, — wenn's denn nicht anders sein kann — so komm' schnell, die Musik fängt schon an."

„Höre, Peter van Laar," sagte Gustav, schon im Rennen, zu einem wohlbeleibten Kunstjünger, „wenn Du mich wieder auf den Fuß trittst, wie neulich, stecke ich Dich morgen mit der Nase in Dein Terpentinfaß! Komm, Lischen!" —

Prr — davon sind sie: „Mutwill'ge Sommervögel."

Ich habe unterdessen mit der Tante Helene Platz am Tisch des Meister Frey genommen, der eben unter schallendem Gelächter eine Schnurre aus seinem italischen Wanderleben beendet. Der Domprediger redet über die Wirkungen des Weißbieres auf seine Konstitution, während Petrus und Paulus, seine Sprößlinge, sich unter dem Tisch wälzen und balgen und die Frau Domprediger sich darüber aufhält, daß die Kellner sich mit der Hand schneuzen.

„Es ist immer noch besser als in die Serviette!" sagt der Rektor Dippelmann, eine Prise nehmend und in der Zerstreuung die Dose der Tante Helene anbietend. An ein und demselben Punkte werden nun zwei Gespräche angeknüpft: die Weiber plumpsen in die große Wäsche, und der Domprediger mit dem Rektor Dippelmann in die — Theologie.

„Kommen Sie, Wachholder," sagt der Professor Frey, „wir wollen lieber den Kindern beim Tanzen zusehen! Mir wird wässerig und schwül zugleich."

Da ich wirklich etwas Ähnliches in mir spüre, nehme ich den Vorschlag mit Freuden an, und wir wandeln durch die Gänge mit den bunten Lampen und Laubgewinden dem Tanzplatz zu. Da ist ein lustiges Treiben.

„Welche prächtigen Reflexe!" ruft der alte Maler ganz enthusiasmiert. „Sehen Sie, Wachholder, da kommt der Berg, aus dem ich Ihnen trotz seiner sporadischen Bummelei und Liederlichkeit doch noch einen e c h t e n Künstler mache. Nun `fanello`," wendet er sich an den Herbeieilenden, „ich hoffe, Ihr werdet meine Mädchen nicht ‚dörren' lassen — wie sie sagen!"

Der denkende Künstler grinst auf eine unbeschreibliche Weise:

„Wir tun unser möglichstes, Herr Professor. Sehen Sie

nur den Peter Laar! Segelt er nicht wie ein wahrer Fapresto mit Fräulein Julie dahin? Hier können Sie sich doch wahrlich nicht beklagen, daß er keine Fortschritte mache. Sehen Sie nur, wie er weiter kommt. Sehen Sie, wie — buff! Dacht' ich's doch! Da bohrt er den Auskultator Krippenstapel mit seiner Donna zu Grund! Alle Wetter! das gibt Skandal! Da muß ich retten!"

„Herr!" schreit der königliche Auskultator wütend aufspringend und seine Tänzerin trostlos-lächerlich auf ihrem „séant" sitzen lassend. „Herr, können Sie nicht sehen, haben Sie keine Augen im Kopfe, Sie ..."

„Halt, Krippenstapel!" fällt hier Gustav ein, den gefallenen Engel des Juristen aufhebend. „Sie sollen fürchterlich gerächt werden, ich gebe Ihnen mein Ehrenwort! Peter Holzmann, Bamboccio, Ungetüm! ein schreckliches Los harrt morgen Deiner! — Mein Fräulein, Sie haben sich doch nicht weh getan? Wollen Sie eine kalte Messerklinge auflegen, das soll gut sein gegen Beulen? — Fräulein Julie, geben Sie doch gefälligst dem dicken Ungeheuer an Ihrer Seite einen tüchtigen Nasenstüber als Vorgeschmack! — Krippenstapel, sei'n Sie ein guter Kerl und fangen Sie keinen Lärm an; kommen Sie, lassen Sie sich von Ihrer Dame eine Stecknadel geben, ehe Sie weiter schweben. Vergessen Sie's nicht, es ist wichtig; ich als Ästhetiker muß das wissen!"

Ein allgemeines Gelächter löst die Sache in Wohlgefallen auf. Krippenstapel schleicht mit seiner Stecknadel ingrimmig ins Gebüsch; seine Dame verkündet hinter ihrem Taschentuch, keine kalte Messerklinge anwenden zu wollen; Peter Holzmann stolpert mit Fräulein Julie zu einem Sitz, und alle übrigen Paare ordnen sich zu einem neuen Tanz.

Schon während des Verlaufs dieser Szene habe ich mich gewundert, nirgends Elisens Lockenkopf hervorlugen zu sehen, nirgends ihr helles Lachen zu hören; als nun ein neuer Tanz beginnt, und sie auch jetzt nicht erscheint, wird mir die Sache bedenklich.

„Gustav, heda hier! Wo hast Du denn meine Lise gelassen?"

„Ich? — Onkel, fragen Sie lieber: wo hat Dich die Lise gelassen. Sie behauptet böse zu sein und ist mit Fräulein Henriette Frey weggelaufen, nachdem sie mich einen — einen — ‚Teekessel' genannt hat."

„So? — was habt Ihr denn wieder vorgehabt?"

„Ich kann mich auf weiteres nicht einlassen!" sagt der „denkende Künstler", zieht ein wehmütig-seinsollendes Gesicht und verschwindet unter der Menge.

„Wenn die Sachen so stehen," lacht der alte Frey, „so werden die Mädchen jetzt wohl bei der Wäsche und Theologie sitzen. Kommen Sie, wir müssen uns doch erkundigen, was der Friedensstifter (machte er seine Sache nicht prächtig?) da für Unheil und Unfrieden angestiftet hat?"

„Ich kann's mir schon vorstellen," brumme ich in den Bart, und so schlagen wir uns seitwärts ins Gebüsch und gelangen zu unserm Tisch zurück.

„Richtig, da sitzen die Turteltäubchen!" ruft der Professor. „Wie andächtig sie dem Oberlehrer Besenmeier zuzuhören scheinen und doch ganz wo anders sind! Kurre, kurre, kurre, Fräulein Elise, mein Täubchen, was hat Ihnen denn ein gewisser — hm — gewisser ‚Teekessel' getan?"

„Wer?" fragt Lischen, die sich dicht an die Tante gedrängt hat und von ihr mit einem gewaltigen Tuche umwickelt ist, während Henriette an ihrer andern Seite emsig sich mit ihrer Teetasse beschäftigt.

„Wer? fragst Du!" nehme ich das Wort. „Nun wir begegneten eben jemand, der ziemlich nahe am — ‚Überkochen' war."

„Ach, Du meinst den Vetter! — Pah — D e r !"

„Nun, was hat's gegeben? Tante Helene, hat sie Ihnen vielleicht schon ihr Herz ausgeschüttet?"

„Nein!" sagt die Tante. „Haben sie sich wieder gezankt?"

„Es scheint so! Fräulein Henriette, Sie wissen gewiß etwas Näheres davon?"

„Soll ich's sagen, Lischen?" fragt kichernd Henriette, ihre Freundin am Ohr zupfend.

„Meinetwegen!" sagt Elise, mit einem Gesicht wie Menschenhaß und Reue einen Nachtschmetterling verscheuchend, der ihr um den Kopf flattert und mit aller Gewalt sich in ihren Locken fangen will.

„Er hat — Herr Gustav hat gesagt: — wenn er ihr nicht die Tänzer schicke und Propaganda (ich glaube so heißt's) für sie mache, so würde sie — ihr Lebtag außer ihm keinen kriegen. Sie müsse daher hübsch dankbar und zuvorkommend gegen ihn sein und" — —

Ein Ausruf des Entsetzens entringt sich allen.

„Abscheulich!" ruft die Tante Berg. „Finis mundi!" lacht der Rektor Dippelmann. „Schändlich!" ächzt die Frau Rektorin; „Gräßlich!" die Frau Dompredigerin. „Beim Himmel, das ist stark!" meint ihr Gemahl. „Das hätte ich nicht gedacht!" brumm' ich. „D a s soll er büßen," ruft der Professor Frey, „und" ...

„Er büßt es schon!" sagt eine Stimme, und der Übeltäter guckt durch das Gebüsch hinter Elisens Platze. „Teilweise hat er es sogar schon gebüßt!"

Mit diesen Worten windet sich der Blasphemist vollends hervor, schiebt sich ganz sachte zwischen seine Mutter und Elise, die schnell nach der andern Seite rückt, wohin er ihr ebenso schnell folgt. Seinen Arm um sie legend, hält er folgende Rede: „Lischen, englische Cousine Ralff, ich beschwöre Dich, höre mich! — Glaubst Du etwa, ich habe, nachdem Du jenem Schauplatz eitler Freuden den Rücken gewandt, weiter gewalzt? Du irrst! Du irrst! Gute Werke habe ich getan, meine Schuld zu sühnen: den edlen Holzmann, — Holzmann, komm mal her und gib mir die Schachtel mit den feurigen Tränen! — den edlen Holzmann habe ich aus den Klauen des racheschnaubenden

Krippenstapels gerettet; Fräulein Thekla Stichel habe ich aus der amüsantesten aller Lagen, oder vielmehr Sitzungen, emporgezogen; als mitten im Kontertanz dem Freiwilligen Breimüller der Steg riß und ihm die Unnennbare bis zum Knie hinaufschnurrte, habe ich ihm eine Droschke herbeigepfiffen; kurz überall, wo Tränen zu trocknen waren, war auch ich — wie gesagt, nur um meine Schuld zu büßen. Und hier, Lischen (Holzmann, gib mir die Schachtel), nicht allein getrocknet habe ich Tränen, auch gesammelt habe ich welche! — Sieh, Lischen!"

Einen Ausruf der Verwunderung und Freude stößt Elise trotz ihrem Groll aus, als ihr der Bösewicht den Inhalt seiner Schachtel in den Schoß schüttet, und unzählige, funkelnde, leuchtende Johanniswürmer um sie herum kriechen und schwirren.

Die Lampen sind weit genug entfernt, daß die Tierchen in ihrem ganzen Glanz erscheinen können, und es ist wirklich ein hübscher Anblick — diese besternte Elise!

„Das sind meine Reuetränen, und Du — kriegst Tänzer leider zu viel — ohne mich! — und ich b i n ein Teekessel und et cetera — Lischen?! — Lischen, gucke m i c h mal an!"

„Taugenichts!" sagt Elise, dem Sünder in die Haare greifend, und — der Friede ist geschlossen! —

War denn der alte Meister Frey an diesem Abend ganz aus Rand und Band? Auf einmal verkündete er, daß er seinen morgenden 69sten Geburtstag (es war der letzte seines Lebens) jetzt feiern wolle, da bei solchen Gelegenheiten das Improvisieren den wahren Genuß und Jubel hervorbringe. Das halbe Atelier machte er halb betrunken, die ganze weibliche Welt ganz angeheitert. Ein Kranz wurde ihm aufgesetzt trotz allem Sträuben, — ein Kranz, der nur so sein mußte. Der Domprediger hielt eine Rede, die „verehrter Greis" anfing und ähnlich endete, und Reden wurden losgelassen und Toaste ausgebracht bis zwölf Uhr. Dann

177

erhob sich das alte bekränzte Geburtstagskind, beklagte sich über Nachtkühle und Nachtfeuchte, und — das Fest war vorbei.

Vorbei! Wo sind heute alle die, welche es feierten?

Tot ist der alte Meister Frey, zerstreut in alle Welt sind seine Schüler. Peter Holzmann, genannt Peter van Laar, oder auch Bamboccio, ist 1849 in einer römischen Villa von französischen Plünderern erstochen, als er eine Raphaelsche Madonna vor ihrer Zerstörungswut schützen wollte. Der Domprediger ist noch immer nicht zum Mormonentum übergetreten, und der Oberlehrer Besenmeier hat Fräulein Julie Frey geheiratet und steht, — „mit dem Gürtel, mit dem Schleier reißt der schöne Wahn entzwei," — fürchterlich unter dem Pantoffel. Die Frau Rektor Dippelmann knüpft noch wie immer alle Morgen ihrem Gemahl die Halsbinde um, steckt ihm das Butterbrot, in die gestrige Zeitung gewickelt, in die Rocktasche und sieht ihm stolz nach aus dem Fenster, wie er über die Friedensbrücke nach dem Schimmelstädtischen Gymnasium wandelt.

Und Gustav und Elise? — — — Ich werde nachher
dieses Blatt der Chronik hinübertragen zu jener schönen
ältlichen Frau in Nr. Zwölf der Sperlingsgasse, deren

179

Fortepianoklänge sich schon den ganzen Nachmittag über in meine Gedanken verwoben haben. Dann werden wir von G u s t a v und E l i s e sprechen!

„Hören Sie, Wachholder," sagte heute Strobel, mit den zusammengehefteten Bogen der Chronik aufs Knie schlagend, „wenn Ihnen einmal Freund Hein das Lebenslicht ausgeblasen hat; irgend jemand unter Ihrem Nachlaß diese Blätter aufwühlt, und er sich die Mühe gibt, hineinzugucken, ehe er sie zu gemeinnützigen Zwecken verwendet, so wird er in demselben Fall sein, wie der alte Albrecht Dürer, der ein Jagdbild lobte, aber sich zugleich beklagte: er könne nicht recht unterscheiden, was eigentlich die Hunde, und was die Hasen sein sollten. Sie würfeln wirklich Traum und Historie, Vergangenheit und Gegenwart zu toll durcheinander. Teuerster, wer darüber nicht konfus wird, der ist es schon! Und wenn Sie noch Ihre Bilder einfach hinstellten, wie ein alter, vernünftiger, gelangweilter Herr und Memoirenschreiber! Aber nein, da rennt Ihnen Ihr Mitarbeitertum der ‚Welken Blätter' zwischen die Beine, da putzen sie Ihre Erinnerungen auf mit dem, was Ihnen der Augenblick eingibt; hängen hier ein Glöckchen an und da eins, und ehe man's sich versieht, haben Sie ein Ding hingestellt wie — wie ein Gebäude aus den bunten Steinen eines Kinderbaukastens. Das ist hübsch und bunt, aber — es paßt nichts recht zusammen, und wenn man es genau besieht — puh! — Nehmen Sie's nicht übel; aber manchmal gleicht Ihre Chronik doch dem Machwerk eines angehenden literarischen Lichts, das sich mit Rousseau getröstet hat: Avec quelque talent qu'on puisse être né, l'art d'écrire ne s'apprend pas tout d'un coup."

Ich hatte dieser langen Rede des Karikaturenzeichners geduldig zugehört, jetzt sagte ich, während ich erbost meine Pfeife ausklopfte: „Sie haben vor einiger Zeit versprochen, ein Mitarbeiter meiner Chronik werden zu wollen, ich nehme Sie jetzt nach Ihrer so tief eingehenden Kritik sogleich beim Wort und — lasse Sie mit Tinte, Feder und Papier allein, daß Sie ihren Beitrag derselben auf der Stelle anhängen. Der einst Konfuswerdende mag auch von Ihnen etwas mit aufwühlen. Guten Abend!"

Der Karikaturenmaler lachte, sagte „fiat" und begann eine Feder zu schneiden, während ich Hut und Stock nahm und abzog mit dem Gefühl eines Menschen, der eine belebte Straße hinabzieht unter der festen Überzeugung, daß ihm hinten ein ungreifbares ellenlanges Band vom Vorhemd über den Rockkragen baumelt. „Und recht hat er doch!" brummte ich, indem ich die Treppe hinabstieg. „Wenn nur die Lise erst wieder da wäre! Komm zurück, Schlingel von Gustav, und bringe sie mit, daß Euer alter Onkel ruhig wieder an seinem Werke de vanitate weiter schreiben kann!"

Damit trat ich aus dem Hause und zog eben die Handschuhe an, als sich oben mein Fenster öffnete, der Karikaturenzeichner den Kopf heraussteckte und herunterrief:

„Hören Sie, alter Herr, ich kann Sie so nicht weggehen lassen — ich habe Gewissensbisse und muß erst Öl in Ihre Wunden gießen! Hören Sie, meine Tante teilt die Bücher in zwei Arten: gute, über welche sie nach Tisch einschlafen kann, und schlechte, bei denen das nicht geht. Ihre Chronik würde sie unter die ersteren rechnen, wenn sie, aufgewühlt, ihr in die Hände fallen sollte. Adieu!"

Ich wandte dem unverschämten Gesellen lachend den Rücken und marschierte ab.

Ich bin zurückgekommen von meinem Spaziergang und sitze wieder allein und einsam vor den zerstreuten Bogen meiner Chronik. Der Karikaturenzeichner hat wirklich ein Blatt vollgekritzelt, alle meine Federn verdorben, einen Tintenklex auf dem Fußboden gemacht, meinen Siegellackvorrat zerbissen, zerdreht und zerbrochen und — eine Ecke von meinem Schreibtisch abgeschnitzelt. — Er hat mir fast die Fortsetzung der Aufzeichnung meiner Phantasien verleidet, und es war doch so süß, wenn der Blick an irgend einen Gegenstand meines Zimmers, dort an jenes kleine leere Messingbauer, an jenen Sessel vor dem Nähtischchen, an ein altes Blatt, eine vertrocknete Blume, eine bunte Zeichnung in meiner Mappe sich fest hing, und allmählich eine Erinnerung nach der andern aufstieg und sich blühend und grünend darumschlang. Wir sind doch törichte Menschen! Wie oft durchkreuzt die Furcht vor dem Lächerlichwerden unsere innigsten, zartesten Gefühle! Man schämt sich der Träne und — spottet; man schämt sich des fröhlichen Lachens und — schneidet ein langweiliges Gesicht; die Tragödien des Lebens sucht man hinter der komischen Maske zu spielen, die Komödien hinter der tragischen; man ist ein Betrüger und Selbstquäler zugleich! — Mit einem Kinderbaukasten verglich Strobel diese bunten Blätter ohne Zusammenhang? Gut, gut, — mag es sein, — ich werde weiter damit spielen, weiter lustige, tolle Gebäude damit bauen, da die fern sind, welche mir die farbigsten Steine dazu lieferten? Ich werde von der Vergangenheit im Präsens und von der Gegenwart im Imperfektum sprechen, ich werde Märchen erzählen und daran glauben, Wahres zu einem Märchen machen, und zuerst die bekritzelten Blätter des Meisters Strobel der Chronik anheften! Hier sind sie:

Strobeliana

3 Uhr. Ich habe mir eine Zigarre angezündet, den Bogen neben mich ins Fenster gelegt und beginne meine Beobachtungen. Zuerst bringe ich zu Papier natürlich das Wetter: das holdseligste Himmelblau, den prächtigsten Sonnenschein. Hätte ich nur einen Funken poetischen Feuers in mir, so würde ich mir beide durch ein junges, schönes Paar personifizieren, welches da hoch oben im Himmelszelt auf seinem weißen, weichen Wolkendivan tändelt und kost und total vergessen hat, daß noch so viel hunderttausend deutsche Hausfrauen auf — Märzschnee warten zum Seifekochen! Wahrhaftig, da ist ja eine Fliege! Welch ein Fund für einen Chronikschreiber! Summend stößt sie gegen die sonnenbeschienenen Scheiben, die wir schnell schließen wollen, um das arme Tierchen zu seinem Besten vor dem heuchlerischen Frühling da draußen zu bewahren. Sie scheint auch jetzt ihre Torheit einzusehen, sie läßt ab und umfliegt mich. Halt, jetzt setzt sie sich auf meine Knie, nach mehreren vergeblichen Angriffen auf meine Nasenspitze; sie nimmt den Kopf zwischen beide Vorderbeine, kratzt sich hinter den Ohren und — — — kleiner ...! — Dahin geht sie, eine Spur hinterlassend auf meinem Knie und — in der Chronik der Sperlingsgasse. Ich wollte, es gäbe ein Sprichwort: „Schämt Euch vor den Fliegen an der Wand." Um wie viel menschliche Tollheiten und Torheiten schnurren diese winzigen Flügelwesen. Wer weiß, was der Punkt, den der kleine Tourist da eben niedergelegt hat, eigentlich bedeutet? Wer weiß, ob es nicht ein deponiertes Tagebuch ist, voll der geistreichsten Bemerkungen; ein Tagebuch, das man nur aufzurollen und zu entziffern brauchte, wie einen ägyptischen Papyrus um wunderbare, unerhörte Dinge zu erfahren. Welch eine Revolution würde es hervorbringen, wenn dem so wäre; wenn man sich vor den Fliegen an der Wand schämen

müßte! Wie würden die Fliegenklatschen in Gang kommen. Arme Fliegen! Kein „redlicher Greis in gestreifter kalmankener Jacke" würde euch mehr verschonen „zur Wintergesellschaft". Wie den Vogel Dudu würde man euch ausrotten, und höchstens — einige in Uniform gesteckt, mit einer Kokarde auf jedem Flügel, als Regierungsbeamte besolden. Es wäre schrecklich, und ich breche ab. —

3¼ Uhr. — Welche Reisegedanken dieser blaue Himmel schon wieder in mir erweckt! An solchen Vorfrühlingstagen, wo der Geist die Last des Winters noch nicht ganz abgeschüttelt hat, ist's, wo die Sehnsucht nach der Ferne uns am mächtigsten ergreift. Es ist ein sonderbares Ding um diese Sehnsucht, die wir nie verlieren, so alt wir sein mögen. Da zupft etwas an unserem tiefsten Innern: Komm heraus, komm heraus, was sitzest du so still, du Tor, und hältst Maulaffen feil? Hier findest du nicht, worüber du grübelst, wonach du dich sehnst, ohne es zu kennen. Sieh, wie blau, wie duftig die Ferne! Viel, viel weiter liegt's! Komm heraus, heraus!

Bah, diese blaue, duftige Ferne; wie oft hab' ich mich von ihr verlocken lassen. Die Erde läßt uns ja nicht los; wir sind ihre Kinder, und sie ist nichts ohne uns, wir nichts ohne sie. — Folge jetzt der lockenden Stimme, deine Füße werden schon in dem weichen Boden versinken; närrische Sprünge wirst du mit den Erdklößen an den Stiefeln machen! Fühle, daß zur Zeit, wo die Sehnsucht am stärksten ist, auch die Fesseln am stärksten sind; kehre um, ziehe Pantoffeln an und nimm die gestrige Zeitung vor die Nase: das Glück liegt nicht in der Ferne, nicht über dem wechselnden Mond! —

3½ Uhr. — Da höre ich eben unten in der Gasse eine merkwürdige Redensart aus dem Munde eines Tagelöhners, der einen andern, sehr übelgelaunt Aussehenden, mit den Worten auf die Schulter klopft: „Man muß nie verzweifeln; kommt's nicht gut, so kommt's doch schlecht heraus!" In demselben Augenblick öffnet sich nebenan ein Fenster. Eine beschmierte rote Sammetmütze auf einem Wald schwarzer Haare beugt sich hervor; es ist mein würdiger Freund Monsieur Anastase Tourbillon, seines Zeichens ein französischer Sprachlehrer. Er scheint die Redensart drunten auch gehört und — verstanden zu haben und gähnt: „Ah, ouf, quelle bête allemande! Eh vogue la galère, jusqu'à la mort tout est vie!"

Da habt ihr die beiden Nationen und ...... Wetter! — da gebe ich nicht acht und — meine Fliege von vorhin entschlüpft summend aus dem wiedergeöffneten Fenster! Nie mehr wird sie wieder meinen Freund Wachholder umschwirren, nie mehr auf dem Rande der Zuckerdose umherspazieren oder gegen die Scheiben stoßen! Sie hat, was sie wollte — unbegrenzte Freiheit, aber ach — heute Abend — keinen warmen Ofen mehr, sich daran zu wärmen; in den Rinnsteinen der Sperlingsgasse fließt weder Milch noch Honig! — Verflucht sei die Freiheit! Amen! —

3¾ Uhr. Die meisten Dichterwerke der neuesten Zeit gleichen dem Bild jenes italischen Meisters, der seine Geliebte malte als Herodias, und sich in dem Kopfe des Täufers auf der Schüssel porträtierte. Da pinseln uns die Herren ein Weibsbild, Tendenz genannt, hin, welches anzubeten sie heucheln, und welches auf dem Präsentierteller, hochachtungsvoll und ergebenst, uns das verzerrte Haupt des werten Schriftstellers selbst überreicht. Die Nützlichkeit solchen Treibens läßt sich nicht abstreiten, also — nur immer zu! — Wie komm' ich d a r a u f. —

4 Uhr. — Es ist merkwürdig; seit ich dieses Blatt bemale, ist dieselbe Traumseligkeit über mich gekommen, welche dieser Chronik ein so zerfetztes, zerlumptes Ansehen gegeben hat. Wachholder hat recht, es ist ein eigentümlich behagliches Gefühl, seinen Gedankenspielen sich so ganz und gar hinzugeben, ohne sich Geist-herausquälend im Kreise zu drehen, wie ein hartleibiger Pudel.

Wo war ich eben, als das Kindergeschrei drunten auf der

Straße mich aufweckte? Ich will es versuchen, es der Chronik einzuverleiben, worin zugleich für meinen ehrenwerten Freund Wachholder die größte Genugtuung für meine vorigen Reden liegen wird.

Es war an einem Sonntagmorgen im Juli, als ich auf braunschweigschem Grund und Boden am Uferrand der Weser lag und hinüberblickte nach dem jenseitigen Westfalen. Früh vor Sonnenaufgang war ich, über Berg und Tal streifend, mit dem ersten Strahl im Osten, in ein gleichgültiges Dorf hinabgestiegen. Ich hatte Kaffee getrunken unter der Linde vor dem Dorfkrug, hatte behaglich das Treiben des Sonntagsmorgens im Dorf belauscht und andächtig der kleinen Glocke zugehört, die in dem spitzen, schiefergedeckten Kirchturm läutete. Manchem hübschen, drallen, niedersächsischen Mädchen, das sich über den sonderbaren, plötzlich ins Dorf geschneiten Fremdling wunderte, hatte ich lächelnd zugenickt; ich hatte Bekanntschaft mit der gesamten Kinder-, Hühner-, Gänse- und Entenwelt des „Krugs" gemacht, dem weißen Spitz den Pelz gestreichelt und manche Frage über „Woher und Wohin" beantwortet. Mit meinem Wirt (der zugleich Ortsvorsteher war) hatte ich das Bienenhaus besucht; darauf die Gemeinde, den Kantor und Pastor in die Kirche gehen sehen, und hatte mich zuletzt allein im Hofe unter der Linde gefunden, nur umgeben von der quakenden, piepsenden, geflügelten Schar des Federviehs. Aus diesem dolce far niente hatte mich plötzlich das Schreien eines Kindes aufgeschreckt. Es drang aus dem Haus hinter mir und bewog mich, aufzustehen und in das niedere, vom Weinstock umsponnene Fenster zu sehen. Eine alte Frau war eben beschäftigt, einen widerspenstigen, heulenden, strampelnden Bengel von vier Jahren mit Wasser, Seife und einem wollenen Lappen tüchtig zu waschen, welcher Prozedur drei bis vier andere kleine „Blaen" angstvoll zusahen, wartend, bis die Reihe an sie kommen würde.

187

„Nun, Mutter," sagte ich, mich auf die Fensterbank lehnend; „und Ihr seid nicht in der Kirche?"

Die Alte sah auf und sagte lachend: „Et geit nich immer; ek mott düsse lüttgen Panzen waschen und antrecken — Herre — Kinderschrieen is ok een Gesangbauksversch!"

Ich nahm den Hut ab und trat unwillkürlich einen Schritt zurück. Welch eine wunderbar schöne Predigt lag in den fünf Worten des alten Weibes! Eine Schwalbe beschrieb eben ihren Bogen um mich, ihrem Neste unter dem niedrigen Dachrande zu, und klammerte sich, ihre Beute im Schnabel, an die Tür ihrer kleinen Wohnung, begrüßt von dem jubelnden Gezwitscher der federlosen Brut. Ich konnte der alten Frau kein Wort mehr sagen.

„Kinderschrieen is ok een Gesangbauksversch!" murmelte ich leise, zu meinem Tisch unter der Linde zurückgehend. Ich riß ein Blatt aus meiner Brieftasche, schrieb darauf: Kinderschrieen is ok een Gesangbauksversch, und zog es

188

mit einem Strauß Waldblumen unter das Hutband.

Träumend schritt ich dann durch die Tür des Dorfkirchhofs, vorüber an den bunten, geputzten Gräbern, zu dem offenen Kirchtor (auf dem Lande braucht der Protestantismus seine Kirchen während des Gottesdienstes noch nicht zu schließen) und lehnte andächtig an der Esche davor. Mit großer Freude hörte ich, wie der junge Pastor eine Gellertsche Fabel in das Gleichnis aus dem fernen Orient schlang; während die Schwalben in dem heiligen Gebäude hin und her schossen, und ein verirrter Schmetterling seinen Weg durch die geöffnete Kirchtür eben wieder zurückfand.

„Kinderschrieen is ok een Gesangbauksversch!" rief ich, über die niedere Mauer in das freie Feld springend, und durch die gelben Kornwogen mit ihrem Kranz von Flatterrosen am Rande, der Weser zuwandernd. Da hatte ich mich ins Gras unter einen Weidenbusch geworfen und träumte in das Murren des alten Stromes neben mir hinein; während drüben im katholischen Lande eine Prozession singend den Kapellenberg zu dem Marienbild hinaufzog, und hinter mir die protestantischen Orgeltöne leise verklangen. Welch ein wundervoller, blauer, lächelnder Himmel über beiden Ufern, über beiden Religionen, welch eine wogende Gefühlswelt im Busen, anknüpfend an die fünf Worte der alten Bäuerin! Ich war damals jünger als jetzt und legte das Gesicht in die Hände:

„Nenn's Glück! Herz! Liebe! Gott!
Ich habe keinen Namen
Dafür! Gefühl ist alles" — — — —

Ein näher kommender Gesang weckte mich plötzlich; ich blickte auf. Brausend und schnaufend, die gelben Fluten gewaltig peitschend, kam der „Hermann" die Weser herunter. Der Kapitän stand auf dem Räderkasten und griff grüßend an den Hut, als das Schiff vorbeischoß. Hunderte

189

von Auswanderern trug der Dampfer an mir vorüber, hinunter den Strom, der einst so viele Römerleichen der Nordsee zugewälzt hatte. Ein Männerchor sang: „Was ist des Deutschen Vaterland," und die alten Eichen schienen traurig die Wipfel zu schütteln; sie wußten keine Antwort darauf zu geben, und das Schiff flog weiter. Die Weser trägt keine fremden Leichen mehr zur Nordsee hinab; wohl aber murrend und grollend ihre eigenen unglücklichen Söhne und Töchter! — Ich verließ meinen Ruheplatz und ging durch den Buchenwald den nächsten Berg hinauf bis zu einer freien Stelle, von wo aus der Blick weit hinausschweifen konnte ins schöne Land des Sachsengaus. Welch eine Scholle deutscher Erde! Dort jene blauen Höhenzüge — der Teutoburger Wald! Dort jene schlanken Türme — die große germanische Kulturstätte, das Kloster Corvey! Dort jene Berggruppe — der Idth! cui Idistaviso nomen sagt Tacitus. Ich bevölkerte die Gegend mit den Gestalten der Vorzeit. Ich sah die achtzehnte, neunzehnte und zwanzigste Legion unter dem Prokonsul Varus gegen die Weser ziehen und lauschte ihrem fern verhallenden Todesschrei. Ich sah den Germanicus denselben Weg kommen und lauschte dem Schlachtlärm am Idistavisus; bis der große Arminius, der „turbator Germaniae" durch die Legionen und den Urwald sein weißes Roß spornte, das Gesicht unkenntlich durch das eigene herabrieselnde Blut, geschlagen, todmüde. Ich sah, wie er die Cheruska von neuem aufrief zum neuen Kampf gegen die „urbs"; wie das Volk zu den Waffen griff: pugnam volunt, arma rapiunt; plebes, primores, juventus, senes!

Aber wo ist denn die Puppe? kam mir damit plötzlich in den Sinn. Ich schleuderte den Tacitus ins Gras, stellte mich auf die Zehen, reckte den Hals aus, so lang als möglich, und schaute hinüber nach dem Teutoburger Walde. Da eine vorliegende „Bergdruffel" (wie Joach. Heinr. Kampe sagt) mir einen Teil der fernen blauen Höhen verbarg, gab ich mir sogar die Mühe, in eine hohe Buche hinaufzusteigen, wo ich auch das Fernglas zu Hilfe nahm. Vergeblich; — nirgends eine Spur vom Hermannsbild! Alles, was ich zu sehen bekam, war der große Christoffel bei Kassel, und mit einem leisen Fluch kletterte ich wieder herunter von meinem luftigen Auslug. Hatte ich aber eben einen leisen Segenswunsch von mir gegeben, so ließ ich jetzt einen um so lauteren los. Ich sah schön aus! „Das hat man davon," brummte ich, während ich mir das Blut aus dem aufgeritzten Daumen sog, „das hat man davon, wenn man sich nach deutscher Größe umguckt: einen Dorn stößt man sich in den Finger, die Hosen zerreißt man, und zu sehen kriegt man nichts als — den großen Christoffel." Ärgerlich schob ich mein Fernglas zusammen, steckte den Tacitus zurück in die Tasche und ging hinkend den Berg hinunter, wieder der Weser zu. Ärgerlich warf ich mich, am Rande des Flusses angekommen, abermals ins Gras. Was hatte sich alles zwischen die gefühlsselige Stimmung von vorhin und den jetzigen Augenblick gedrängt! Der Himmel war noch ebenso blau, die Berge noch ebenso grün, der Papierstreifen von vorhin steckte noch neben den Waldblumen an meinem Hute, und doch — wie verändert blickte mich das alles an! Hätte das Dampfschiff mit seinen Auswanderern nicht später kommen können, da es doch sonst immer lange genug auf sich warten läßt! Hätte ich Narr nicht unterlassen können, nach dem Hermannsbild auszuschauen? Wie ruhig könnte ich dann jetzt im Grase meinen Mittagsschlaf halten, ohne mich über den großen Christoffel, den so viele brave Katten mit ihrem Blute bezahlt haben, zu ärgern! — Ich versuchte mancherlei, um meinen Gleichmut wieder zu gewinnen; ich kitzelte mich mit einem Grashalm am Nasenwinkel, ich porträtierte einen dicken, gemütlichen Frosch, der sich unter einem Klettenbusch sonnte, — es half alles nichts! — Der Dämon Mißmut ließ mich nicht los, wütend sprang ich auf, schrie: Hole der Henker die

Wirtschaft! und marschierte brummend auf Rühle zu — —
— — — — Wetter, was ist das für ein Lärm in der
Sperlingsgasse?! Heda, — da ist ein Hundefuhrwerk in
einen Viktualienkeller hinabgepoltert, und ich — ich, der
Karikaturenzeichner Ulrich Strobel, sitze hier und schmiere
Unsinn zusammen! Hol' der Henker auch die Chronik der
Sperlingsgasse! — Adieu, Wachholder!

Es gibt ein Märchen — ich weiß nicht, wer es erzählt hat — von einem, der nach großem Unglück sich wünschte, die Erinnerung zu verlieren, und dem in einer dunkeln Nacht sein Wunsch gewährt ward. Er empfand von da an keinen Schmerz, keine Freude mehr; er verlernte zu weinen und zu lachen; es ward ihm einerlei, ob er Blumenknospen oder Menschenherzen zertrat: alles das hübsche Spielzeug, welches das Leben seinen Kindern mitgibt auf ihrem Wege von der Wiege bis zum Grabe, zerbrach ihm in den Händen mit der Erinnerung. Das ist eine schreckliche Vorstellung! Ihr Weisen und Prediger der Völker, nicht der Gedanke an Glück oder Unheil in der Zukunft ist's, der liebevoll, rein, heilig macht; nie ist dieser Gedanke rein von Egoismus, und über jede Blüte, die das Menschenherz treiben soll, legt er den Mehltau der Selbstsucht: die wahre, lautere Quelle jeder Tugend, jeder wahren Aufopferung, ist die traurig süße Vergangenheit mit ihren erloschenen Bildern, mit ihren ganz oder halb verklungenen Taten und Träumen. Wer könnte ein Kind beleidigen, der daran denkt, daß er einst selbst sich an die Mutterbrust geschmiegt, daß ein Mutterauge auf ihn herabgelächelt hat? Die Erinnerung ist das Gewinde, welches die Wiege mit dem Grabe verknüpft, und mag das dunkle stachlichte Grün des Leidens, des Irrtums, noch so vorwaltend sein; niemals wird's hier und da an einer hervorleuchtenden Blume fehlen, bei welcher wir verweilen und flüstern können: „Wie lieblich und heilig ist diese Stätte!"

Ich habe meine kleine Lampe angezündet und träume wieder über den Blättern meiner Chronik. Das, was die ältliche, freundlich-schöne Frau, die mir heute den Strauß junger Veilchenknospen herüberbrachte, auf den Wogen ihrer Melodien sich schaukeln läßt, kann ich ja nur auf diese Weise festhalten. — Ich habe bis jetzt Bilder gezeichnet aus unserer Kinder Kinderleben, heute will ich ein andres farbiges Blatt malen, wie ein Zauberspiegel voll blühenden Lebens, voll süßen Flüsterns, voll träumenden Sehnens und lächelnden Träumens, — ein einziges Blatt aus der vollen Pracht des Herzensfrühlings, ein einziges Blatt aus der Zeit der jungen Liebe!

> „O, daß sie ewig grünen bliebe,
> Die schöne Zeit der jungen Liebe!"

sang der Dichter, und überall treffen wir den Spruch an auf Kaffeetassen, in Stammbüchern und auf Pfeifenköpfen. Das soll kein Spott sein! Was das Volk erfaßt hat, will es auch vor sich sehen, es spielt mit ihm, es spricht den gereimten Gedanken, den es zu seinem Eigentum gemacht hat, oft zwar mit einem Lächeln auf den Lippen aus, aber es trägt ihn darum doch tief im Herzen. Das Volk steigt nicht zu dem Wahren und Schönen hinauf, sondern zieht es zu sich herab; aber nicht, um es unter die Füße zu treten, sondern um es zu herzen, zu liebkosen, um es im ewig wechselnden Spiel zu drehen und sich über seinen Glanz zu wundern und zu freuen. Über der Wiege des ewigen Kindes „Menschheit" schweben die guten Genien, die großen Weltdichter, schütten aus ihren Füllhörnern die goldenen Weihnachtsfrüchte herab und sind mit ihren Wiegenliedern stets da, wenn häßliche, schwarze Kobolde erschreckend dazwischen gelugt haben.

Schön ist die Zeit der jungen Liebe! Sie ist gleich der Morgendämmerung, wo der Himmel im Osten leise sich rötet, wo Knospen, Blumen und alles Leben dem kommenden Tage in die Arme schlummern, und nur hin und wieder eine Lerche, den Tau von den Flügeln schüttelnd, jubelnd, glückverkündend emporsteigt. Noch bedeckt der Nebelduft zauberhaft, geheimnisvoll alle

Abgründe und öden Stellen des Lebens; die jungen Herzen glauben nur Blumen und flatternde Schmetterlinge und bunte nesterbauende Vöglein unter dem Schleier der Zukunft verborgen.

„Süßes Geliebtsein, süßeres Leben!" hat ein anderer Dichter einmal ausgerufen, und ich, ein alter, einsamer Mann, bedecke die Augen mit der Hand, denke an die Gräber auf dem Johanniskirchhof, denke an den Stern meiner Jugend: „Maria!" — — — — — — — — Würde ich diese Erinnerung mit all ihrem Schmerz für der ganzen Welt Macht, Reichtum, Weisheit lassen? — — — — Ich glaube nicht. —

Der Mond kommt wieder hervor über die Dächer und vermischt sein weißes Licht mit dem kleinen Schein meiner Lampe; über und durch den alten immergrünen Efeu aus dem Ulfeldener Walde schießt er seine blanken Strahlen, seltsame Schatten auf den Fußboden und an die Wände werfend. Mit sich bringt er das heutige Blatt der Chronik der Sperlingsgasse.

Dort auf dem Stühlchen im Fenster zeichnet sich die feine, liebliche Gestalt Elisens dunkel in der Monddämmerung eines lange vergangenen Abends ab; während auf einem anderen Stuhl niedriger neben ihr eine andere Gestalt sitzt. Was haben die beiden so heimlich, so leise sich zuzuraunen, was haben sie zu kichern? Ein Garnknäuel, der von Lischens Nähtisch fällt und, über den Boden rollend, um Stuhl- und andere Beine sich schlingt, ein verirrter Nachtschmetterling, eine vorbeischießende Fledermaus, ein Ball, welcher von der Straße ins Zimmer fliegt und über dessen Herausgabe Gustav mit dem unvorsichtigen Besitzer kapituliert, alles, alles wird in dieser Mondscheindämmerung zu einem Märchen, zu einem

Traum. Ist nicht die Dämmerung die Zeit der Märchen; ist nicht die Zeit der jungen Liebe die Zeit des Traums? —

„Liebe kleine Elise!" flüstert Gustav, in das mondbeglänzte zu ihm sich herabbeugende Gesicht schauend.

„Lieber großer Junge!" lächelt Elise, indem sie dem vormaligen Taugenichts der Gasse die Locken aus der Stirn streicht. Sie sagen einander weiter nichts, aber diese abgebrochenen Worte enthalten alles, was das Menschenherz in seinen heiligsten Augenblicken bewegt.

„Ich liebe Dich so!" flüstert Gustav wieder, worauf Elise nichts erwidert, sondern den Kopf in die Blätter ihres Efeus verbirgt. Der Mond kann sich in diesem Augenblick wahrscheinlich in einem flimmernden Perlentröpfchen, das in einem blauen Auge hängt, spiegeln, und als das Köpfchen sich wieder erhebt aus dem grünen Blätterwerk, ist an Gustav die Reihe, Elise die Locken aus der Stirn zu streichen.

„Sieh, wie der Mond da oben schwimmt," sagt Elise. „Warum macht er uns oft so tiefes Heimweh, als ob wir hier auf der Erde gar nicht recht zu Hause wären, Gustav? Sieh, da ist nur noch ein einziger kleiner Stern, mutterseelenallein, wie ein goldener Funken. Sieh, — rechts vom Monde!"

„Ich sehe noch zwei!" sagt Gustav. „Ganz nah', und habe darum auch gar kein Heimweh und — willst Du wohl wieder die Augen aufmachen, Blondkopf! — Sieh, das hast Du davon; was ich noch Weises sagen wollte, hab' ich nun rein vergessen!"

„Dann war's gewiß eine Lüge, Braunkopf!" meint Elise lachend. „Und nun steh' auf, der Onkel und die Tante sitzen da den ganzen Abend im Dunkeln; — es ist sehr unrecht, daß wir uns gar nicht um sie bekümmern. Komm, wir müssen wirklich zusehen, ob sie nicht eingeschlafen sind."

Gewiß waren sie nicht eingeschlafen. Nur das Spinnrad der alten Martha hatte aufgehört zu schnurren, und schlummernd saß sie in ihrem Winkel.

„Soll ich Euch Licht anzünden, oder — sollen wir wieder einmal einen Mondscheingang machen?" fragt Elise, mir den Arm um die Schulter legend.

„E u c h ?" fragt die Tante Helene. „Warum denn nur ‚E u c h ' Licht anzünden?"

„Das will ich Dir sagen, Mama," mischt sich Gustav ein. „Du kannst bekanntlich keine Mäuse s e h e n , und da es seit einiger Zeit hier beim Onkel Wachholder ordentlich von ihnen wimmelt, so sind wir Deinetwegen so aufopfernd, im Dunkeln zu sitzen."

„Waren das etwa Mäuse, was wir da am Fenster knuspern und pispern hörten?" frage ich.

„Ich habe nichts gehört!" sagt Lischen treuherzig, während Gustav: „Versteht sich!" ruft und den Inhalt eines Obstkörbchens in seine Tasche ausleert.

„Was machst Du da, Mäusekönig?" fragt seine Mutter.

„Ich verproviantiere mich zu unserer Mondscheinfahrt, Mama; Lischens Frage war natürlich höchst überflüssig. Da, Lise, nimm den Rest — ich kann nicht mehr lassen."

Elise läßt sich das nicht zweimal sagen und scheint in der Tat ihre Frage für unnötig zu halten. Nach einigen Einwendungen der Tante wegen kalter Abendluft usw. machen wir uns auf, hinaus in die Sommermondscheinnacht!

Die scharfen Schatten auf dem Pflaster und an den Häuserwänden, das Glitzern der Fensterscheiben, die ziehenden, beleuchteten Wolken am dunkeln Nachthimmel, die flüsternden Gruppen in den Haustüren und an den Straßenecken, alles wird nun zu einem Bild für Gustav, zu einem Märchen für Elise. Da beleben sich die Straßen, Gassen und Plätze mit den wundersamsten Gestalten; auf den Ecksteinen lauern, zusammengekauert, grimmbärtige Kobolde; aus den dunkeln Torwegen der alten Patrizierhäuser treten seltsame Gesellen mit nickenden

Federn und weiten Mänteln, und schöne Damen besteigen weiße Zelter, in die Nacht davonreitend; Söldner im Harnisch, die Partisanen auf den Schultern, ziehen über den Markt; Prozessionen vermummter Mönche winden sich langsam aus dem Domportal, und alles liegt morgen, in den hübschesten Skizzen festgebannt, auf Elisens Nähtischchen oder treibt sich auf dem Fußboden umher.

Natürlich sind Gustav und Elise uns immer einige Schritte voraus, und nur von Zeit zu Zeit kann ich abgerissene Sätze ihrer Unterhaltung erfassen. Ich denke an Paul und Virginie unter den Palmbäumen von Isle de France; ich denke an die beiden süßeren Gestalten des deutschen Märchens, an Jorinde und Joringel, von denen es heißt: „Sie waren in den Brauttagen, und sie hatten ihr größtes Vergnügen eins am andern." — Nachdem wir manche Straße durchstreift und vor dem erleuchteten Opernhause die ein- und ausströmende Menge, die harrenden Equipagen, die Blumen und Zuckerwerk verkaufenden Kinder betrachtet haben, finden wir uns zuletzt auf dem Schloßplatz, an dem Becken des lustig im Mondschein sprudelnden Springbrunnens zusammen. Von den Rasenplätzen bringt ein warmer Luftzug den Duft der Nachtviolen, der Hollunder- und Goldregenbüsche zu uns herüber; am südlichen Himmel wetterleuchtet eine dunkle Wolke prächtig in die Mondnacht hinein, und neben uns plätschert und murmelt — als wolle er sich selbst in den Schlaf sprechen — der Springbrunnen. Es ist eine herrliche Sommernacht!

Woran denkt Elise? Wie nachdenklich sie, das Kinn in die Hand gelegt, dem schwatzenden Wasserspiel zuschaut!

„Lischen, woran denkst Du?" fragt die Tante Helene.

„Ihr würdet lachen," antwortet Elise. „Es ist ein Traum und ein Märchen."

„Erzählen! erzählen!" ruft Gustav, den Arm ihr um die Hüfte legend.

Was soll ich anfangen heute an diesem einsamen Abend? ich ergreife ein Heftchen von blaßrotem Papier, bedeckt mit mädchenhaft zierlichen Schriftzügen, durchwoben mit hübschen feinen Federzeichnungen. Da ist's! So erzählte Elise an jenem fernen Abend, als der Brunnen neben uns plätscherte:

„Ich saß neulich des Abends ganz allein. Du warst ausgegangen, Onkel; Gustav war am Morgen schon mit seiner großen Mappe abgezogen, um Bäume und Bauernhäuser zu zeichnen; wo die Tante war, weiß ich nicht; kurz, ich war mutterseelenallein, und nur mein guter, dicker Kater schnurrte auf der Fußbank neben mir und putzte sich den Schnauzbart. Ich hatte eine Menge Augen an meinem Strickzeug fallen lassen und durchaus keine Lust, sie wieder aufzunehmen. So schrob ich denn die Lampe tief herunter und blickte aus dem Fenster in den Mond, der nicht ganz so voll wie heute über die Dächer und Schornsteine heraufkam. Es war ganz dämmerig in der Stube, und nur zuweilen tanzte ein Lichtschein aus den Fenstern drüben über die Wände. Da plötzlich war der Mond hoch genug gestiegen, ein glänzender lustiger Strahl schoß wie ein weißer Blitz über meinen Topf mit Nachtviolen und ein Glas mit Waldblumen, welches neben mir stand und — mit ihm kam mein Märchen oder mein Traum. Es war zu hübsch! — Zuerst guckte ich eine ganze Weile in die glänzende Straße auf dem Boden, die immer weiter rückte, als — auf einmal — Ihr glaubt's gewiß nicht, — der ganze Strahl von unzähligen, kleinen, zierlichen, durchsichtigen Flügelgestalten lebte, die darin auf- und abschwebten und durch ihren Glanz selbst die Bahn bildeten. Halb erschrocken und halb erfreut, sah ich diesem wundersamen Weben zu, als plötzlich das Blumenglas im Fenster einen schrillen, langanhaltenden Ton, wie er entsteht, wenn man mit dem Finger um den Rand eines Glases streicht, von sich gab. Das Wasser darin hob und senkte sich, blitzte, funkelte und bewegte die Waldrosen hin und her; die Blüten der Nachtviolen öffneten sich, und aus jeder schwebte ebenfalls ein zierlich geflügeltes Wesen, fast noch feiner als die Lichtgeisterchen. Nach allen Seiten flatterten sie, den köstlichsten Duft verbreitend. Währenddessen tönte der schrille Ton des Glases fort, bis er mit einem Male aufhörte, gleich einem Faden durchschnitten, worauf eine tiefe Stille eintrat. — Jetzt hatte der Mondstrahl Deinen Schreibtisch erreicht, Onkelchen; das kleine Geistervolk tanzte lustig über Deinen Büchern und Papieren, und soweit hatte ich mich schon von meiner Verwunderung erholt, daß ich herzlich über die sonderbaren Kapriolen einiger der winzigen Dingerchen lachen konnte, die auf alle Weise sich bemühten, in unser großes Tintenfaß zu gucken, ohne den Mut zu haben, sich in die Nähe zu wagen. Andere wieder schwebten über den Federn, und noch andere machten sich um einen recht dicken, abscheulichen Tintenklecks zu schaffen, welcher nicht trocknen wollte; sie schienen ihm das Lebenslicht mit aller Macht ausblasen zu wollen. Ich weiß nicht, wie lange ich diesen zauberischen Wesen zugesehen hatte, als eine Menge feiner Stimmchen: Folge! folge! rief, und ich, immer kleiner werdend, endlich selbst als ein solches geflügeltes Figürchen in den Tanz gezogen wurde und mit den Geistern des Mondlichts und den Duftgeistern der Waldblumen und der Nachtviolen langsam dem Fenster zuschwebte. Denn wie der Mond noch höher stieg, zog sich auch der Strahl mit seinen glänzenden Bewohnern wieder zurück und lief hinab an der Hauswand, um in die Gasse hinunter zu steigen. — Ich hatte durchaus keine Furcht, trotzdem daß es da draußen wie eine verzauberte Welt war. — Die ganze Gasse war ein Gewirr von Tönen und Licht, und nichts von dem Leben und Weben des Geistervolks war mir mehr verborgen, und von Geistervolk lebte und webte alles! Dabei hatte ich auch nicht die Fähigkeit verloren, die gröbere, gewöhnliche Welt zu schauen und zu vernehmen; ich kannte und belauschte die Leute in den Haustüren, die Kinderköpfe in den Fenstern, die schlafenden Sperlinge und Schwalben in ihren Nestern; es war wunderhübsch! — Jetzt zog der Strahl mit seinen Bewohnern schräg über unsere Wand fort und glitt auf die Fenster unserer Nachbarn zu. Halb zehn Uhr hörte ich's schlagen, als der Reigen vor dem Fenster der armen Frau Nudhart, die mit ihrem kranken Kind da wohnt, ankam, und zitternd über einen knospenden Rosenbusch in das kleine Zimmer glitt. Leise singend schwebten die Geisterchen des Lichts, und ich mit ihnen, über den Fußboden hin, jagten sich um den Schatten des Rosenbusches auf dem Boden, küßten das bleiche Kindergesicht auf dem Bettchen und die ebenso bleichen Züge der darüber hingebeugten, armen, sorgenvollen Mutter. Wir bringen Hoffnung, wir bringen Genesung, wir bringen Leben! flüsterten die Geister. Das kranke Kind legte seine mageren Händchen lächelnd in den zitternden Strahl auf seinem Kissen. Wir bringen Hoffnung Genesung, wir bringen Leben, sang ich mit im Chor, und fast widerstrebend folgte ich dem zurückweichenden Strahl. Noch einen letzten Blick konnte ich zurück ins Zimmer werfen, und im nächsten Augenblick schwebte ich schon wieder in der Gasse. Die Tante aber mußte jetzt wohl nach Haus gekommen sein, denn plötzlich mischten sich die Töne ihres Flügels in den Reigen; ich hörte, wie der alte Marquart drunten vor seinem Keller die Jungen zur Ruhe ermahnte. Aber mein Abenteuer war noch nicht zu Ende. Wir waren jetzt vor dem Fenster des ersten Stockes unseres Nachbarhauses; ein heller Lampenschein drang aus dem Zimmer hervor, und über ein Glas mit Goldfischen und das Strickzeug in den Händen der Frau Hofrätin Zehrbein schwebten wir hinein, lustig und glänzend, ohne eine

Ahnung des Schrecklichen, welches uns bevorstand. Mein Fräulein, lispelte eine Stimme, in deren Inhaber ich den Assessor Kluckhuhn erkannte. Mein Fräulein, inkommodiert Sie diese abominable schwüle Luft nicht zu sehr, bitte, so lassen Sie uns noch einmal jene köstliche Barcarole aus Haydée hören. — Um Gottes willen! dachte ich, aber schon war's zu spät, meinen winzigen Begleitern das Drohende mitzuteilen und zu schneller Flucht zu raten; schon hatte Eulalia begonnen:

Das Lido-Fest ist heute
Lust und Vergnügen ringsum lächelt ...

Entsetzen faßte die Geisterschar; ihre schillernden, glänzenden Farben verblichen; von dem Resonanzboden des ächzenden Musikkastens (wie Gustav sagt), und zwischen den Lippen der Sängerin entwickelte sich eine mißgestaltete Gnomenschar, die, gespenstisch kreischend und jammernd, sich in der Luft überstürzte und überschlug und grimmig über die Geister des Lichts herfiel. Es war schrecklich! Schon fühlte ich mich von einem koboldartigen C, welches mich an dem Halse gepackt hielt, halb erdrosselt, und zappelte wie eine unglückliche Mücke in den Krallen der Spinne; da — erhob sich die Frau Hofrätin; die weiße Gardine sank herab: wie ein elektrischer Schlag durchzuckte es mich und das ganze Heer des Lichts! Gerettet! — An der Außenseite des Tuchs hing der Strahl mit seinen Kindern, bleich und angegriffen; drinnen aber tönte es fort:

Ein schöner Herr, ein holder Jüngling,
Mit mildem, liebendem Aug',
Umflattert mich, mit schmeichelnder Zunge! ...

Schnell und schneller sank jetzt der Strahl herab, und eben berührte er die Erde, da — erwachte ich, und Gustav, dicht vor mir, den Kopf auf beide Fäuste gestützt, grinste mich an. — (Au! nein, Du hast mich nicht angegrinst?) Eine dicke schwarze Wolke stand vor dem Mond, und mein Traum war zu Ende, mein Märchen ist zu Ende!"

Das Märchen war zu Ende, aber noch nicht unser Mondscheinabend damals.
„Und nun, Gustav, Quälgeist ... hier ... da" ...
Mit diesen Worten greift Elise in das Wasserbecken neben ihr und schleudert eine Hand voll blitzender Tropfen ihrem

nichts ahnenden Gefährten ins Gesicht. Erschrocken und pustend springt dieser zur Seite, worauf die Übeltäterin, böse Folgen ahnend, sogleich, um das Becken herum, die Flucht ergreift.

„Ihr seid Zeugen, daß S i e angefangen hat!" ruft Gustav, ebenfalls die Hand ins Wasser tauchend und Elisen nacheilend.

„Tante! Tante! — Onkel, Hilfe!" schreit diese, mit der abgebundenen Schürze den Verfolger im Rennen abwehrend und ihn mit der anderen freien Hand unaufhörlich bespritzend.

„Warte, Wasserjungfer!" ruft Gustav und bemächtigt sich der Schürze. „Das sollst Du büßen, Verräterin!"

Mit einem Schrei läßt Elise ihre Ägide fahren, und — wie ein Reh ist sie seitwärts im Gebüsch hinter den Hollundersträuchen verschwunden, doch nicht, ohne ihren durchnäßten Verfolger auf den Fersen zu haben.

„Diese Wildfänge!" seufzt die Tante Helene, auf eine Bank sinkend; während ich Taschentuch, Arbeitskörbchen und umherrollende Äpfel, welches alles das Frauenzimmer, den Ausgang ihres Attentats vorhersehend, sogleich zu Boden geworfen hat, aufsuche, wie es einem guten Onkel und Vormund geziemt. „Hören Sie nur, wie das Mädchen kreischt!"

Indem wir noch der wilden Jagd zwischen den Büschen lauschen, belebt sich plötzlich die Szene, und andere Figuren kommen durch die Monddämmerung. Mädchen- und Männerstimmen, kichernd und summend und Opernmelodien pfeifend! Jetzt treten die Kommenden aus dem Schatten in den helleren Lichtkreis um das Fontainenbecken: „Der Onkel Wachholder!" rufen verwundert mehrere Stimmen, und im nächsten Augenblick sind wir von den Nachtschwärmern und Abendfaltern umgeben und erkennen in ihnen wohlbekannte Freunde und Freundinnen von Gustav und Elise. Ein Gewirr von

Begrüßungen und Fragen erhebt sich nun. Wo ist Fräulein Ralff, wo ist Lischen, wo ist die Lise, wo ist Herr Gustav, wo steckt der Mensch? schwirrt das durcheinander und wird beantwortet; bis endlich Gustav und Elise zurückkommen von ihrer wilden Jagd, keuchend und rot, die Haare in Unordnung, Elise mit einem großen Riß im Kleide, aber beide Arm in Arm, wie artige, verträgliche Kinder. — Jetzt geht der Jubel erst recht an! Das ist schön, das ist prächtig, das ist ausgezeichnet; guten Abend, Natalie; guten Abend, Ida; ich grüße Sie, mein Fräulein; wo kommt ihr her, ihr Herumtreiber usw. usw.

Wie ist doch die Jugend so schön; wie wenig bedarf sie, um glücklich zu sein! Ein bißchen Mondschein, ein paar klingende Wassertropfen, die Strophe eines Liedes, und die jungen Herzen fühlen Gedichte, wie sie noch nie dem Papier anvertraut werden konnten. Ich, der alte Mann, welch ein Dichter, welch ein Maler müßte ich sein, wenn ich alle diese frischen, blühenden Gestalten, die da heute an diesem einsamen Abend wieder um mich her auftauchen, mit ihrem fröhlichen Lachen, ihren kleinen Sorgen und Freuden, ihren kleinen Sünden und Tugenden, mit ihren verstohlenen Seufzern, noch verstohleneren Zärtlichkeiten und ihren lauten Neckereien auf die Blätter dieser Chronik festbannen wollte. Wie abgeblaßt und schal sieht alles aus, was ich bis jetzt zusammengetragen und niedergeschrieben habe; wie farbenbunt und frisch erlebte es sich!

Aber wo war auf einmal der Mond geblieben? Die dunkeln Wolkenmassen, die im Süden lange genug gedroht hatten, hatten sich unbemerkt herangewälzt; es grollte und murrte in der Ferne, und schwere, warme Regentropfen schlugen vereinzelt in die lenes susurros sub noctem, in das leise Geflüster im Schatten der Nacht.

Kennt ihr das „Rette sich wer kann!" bei einem plötzlich hereinbrechenden Gewitter in einer großen Stadt? Alle Gruppen lösen sich; — Schürzen werden über den Kopf,

Taschentücher über die Hüte gebunden; hier flüchtet ein Pärchen unter eine laubige Akazie, dort ein dicker alter Herr unter den Vorsprung eines Hauses; hier schlüpft leichtfüßig ein junges Mädchen dicht an den Häuserwänden hin, dort wandelt langsam und gleichmütig ein Naturmensch daher, nichts vor dem Regen schützend als seine glühende Zigarre.

Die Droschken scheinen sich zu vervielfältigen, und — „süß ist's, vom sichern Hafen Schiffbrüchige zu sehen", an allen Fenstern erscheinen lachende Gesichter. Studenten, Referendare, junge Theologen usw. wischen ihre Brillen ab; Maler verlassen ihre Paletten und Staffeleien und machen Studien nach dem Leben; Tanten und Mütter schelten über Indezenz. — Platsch! platsch! alle Dachrinnen senden, wie hämische Ungeheuer, ihre Wassergüsse der dahertrabenden Menschheit in den Nacken. Es ist lächerlich-schrecklich bei Tage, schrecklich bei Nacht!

„Siehst Du, Lischen, das hast Du erst gewollt, — so lange hast Du mit dem Wasser gespielt! Das kommt davon!" ruft ärgerlich die Tante Helene. Gustavs Jubel erreicht den höchsten Grad, und lachend schleppt er seine Mutter nach, während diesmal ich mit Lisen vorauslaufe. Nach allen Seiten haben sich unsere Freunde und Freundinnen von vorhin zerstreut. Das Gewitter kommt immer näher, der Donner brummt ganz artig, und die Blitze sind gar nicht übel. Selbst Gustav meint: „Gottlob, da ist die Sperlingsgasse!" Welche Überschwemmung! — Gute Nacht und keine langen Worte! — Gustav verschwindet mit seiner Mutter hinter ihrer Haustür, und auch wir erreichen glücklich die unsrige.

„Gott, Herr Wachholder, was habe ich für 'ne Angst gehabt!" ruft die alte Martha uns von der Treppe entgegen.

Lischen pustet und ächzt und lacht, hält Arme und Hände weit ab vom Leibe und wird so schnell als möglich ins Bett geschickt. Gustav ruft natürlich von drüben noch einige Fragen herüber, auf welche wir aber nicht antworten, und der Mondschein-Spaziergang ist zu Ende.

Der April, der einst mensis novarum hieß, ist der wahre Monat des Humors. Regen und Sonnenschein, Lachen und Weinen trägt er in einem Sack; und Regenschauer und Sonnenblicke, Gelächter und Tränen brachte er auch diesmal mit, und manch einer bekam sein Teil. Ich liebe diesen janusköpfigen Monat, welcher mit dem einen Gesichte grau und mürrisch in den endenden Winter zurückschaut, mit dem anderen jugendlich fröhlich dem nahen Frühling entgegenlächelt. Wie ein Gedicht Jean Pauls greift er hinein in seine Schätze und schlingt ineinander Reif und keimendes Grün, verirrte Schneeflocken und kleine Marienblümchen, Regentropfen und Veilchenknospen, flackerndes Ofenfeuer und Schneeglöckchen, Aschermittwochsklagen und Auferstehungsglocken. Ich liebe den April, welchen sie den Veränderlichen, den Unbeständigen nennen, und den sie mit „Herrengunst und Frauenlieb" in einen so böswilligen Reim gebracht haben. —

Ich wurde diesen Morgen schon ziemlich früh durch das Geräusch des Regens, der an meine Fenster schlug, erweckt, blieb aber noch eine geraume Zeit liegen und träumte zwischen Schlaf und Wachen in diese monotone Musik hinein. Das benutzte ein schadenfroher Dämon des Trübsinns und des Ärgernisses, um mich in ein Netz trauriger, regenfarbiger Gedanken einzuspinnen, welches mir Welt und Leben in einem so jämmerlichen Lichte vorspiegelte und so drückend wurde, daß ich mich zuletzt nur durch einen herzhaften Sprung aus dem Bette daraus erretten konnte. — Aprilwetter! Die Hosen zog ich — wie weiland Freund Yorick — bereits wieder als ein Philosoph an, und der erste Sonnenblick, der pfeilschnell über die Fenster der gegenüberliegenden Häuser und die Nase des mir zuwinkenden Strobels glitt, vertrieb alle die Nebel, welche auf meiner Seele gelastet hatten. Frischen Mutes konnte ich mich wieder an meine Vanitas setzen, und als ich gar in einem der schweinsledernen, verstaubten Tröster, die ich gestern von der königlichen Bibliothek mitgebracht hatte, eine alte vertrocknete Blume aus einem vergangenen Frühling fand, konnte ich schon wieder die seltsamsten Mutmaßungen über die Art und Weise, wie das tote Frühlingskind zwischen diese Blätter kam, anstellen. Hatte sie vielleicht an einem lang vergangenen Feiertage ein uralter, längst vermoderter Kollege mitgebracht von einem lustigen Feldwege, oder hatte sie vielleicht eins seiner Kinder spielend in dem Folianten des gelehrten Vaters gepreßt? Hatte sie etwa ein Student von der Geliebten erhalten und hier aufbewahrt und vergessen? Welche Vermutungen! hübsch und anmutig, und um so hübscher und anmutiger, als sie nicht unwahrscheinlich sind.

O, versteht es nur, Blumen zwischen die öden Blätter des Lebens zu legen; fürchtet euch nicht, kindisch zu heißen bei zu klugen Köpfen; ihr werdet keine Reue empfinden, wenn ihr zurückblättert und auf die vergilbten Angedenken trefft!

Sei mir gegrüßt, wechselnder April, du verzogenes Kind der alten Mutter Zeit und — —

„Beschütze Deinen Sohn Ulrich Georg Strobel! — Guten Morgen, Meister Wachholder!" sagte eine Stimme hinter mir.

Es war der Karikaturenzeichner, welcher, den grauen Filz auf dem Kopf, die Reisetasche über der Schulter, den Eichenstock in der Hand, hinter mir stand.

„Ach Gott, nun ist mein' Zeit vorbei!" fuhr er lachend fort. „Ich komme, Ihnen Lebewohl zu sagen, alter Herr."

„Was, Sie wollen fort? Was fällt Ihnen ein?"

„Kann Deutschland nit finden
Rutsch allweil drauf 'rum!"

sang der Zeichner und zeigte auf eine lustige blaue Stelle

zwischen den ziehenden Wolken. „Es ist nicht anders; haben Sie einen Gruß an die freie, weite Welt zu bestellen, heraus damit! Oder noch besser; kommen Sie — dort steht Ihr Regenschirm — begleiten Sie mich. Hören Sie, wie lustig der Spatz da ins Fenster pfeift!"

Was sollte ich machen; ich schlug meinen Folianten zu, der tolle Vagabonde bot mir seinen Arm, und wir traten hinaus in die Gasse.

„Leben Sie wohl, Mama; viel Glück, mein Fräulein!" rief der Zeichner seiner Hausgenossenschaft zu, die ganz aufgeregt in der Tür stand. „Gott grüß' Euch, Freund Marquart; lebt wohl, Mutter Karsten; lebt wohl, Meister und Meisterin; lebt wohl, lebt wohl!" rief er nach rechts und links hinüber. An der Ecke warf er noch einen letzten Blick hinauf nach seiner verlassenen Wohnung, wo die Fenster offen standen und eine zerrissene Gardine lustig im Frühlingswinde flatterte, und brummte: „Zum Teufel, Du Nest!"

„Und wo wollen Sie nun hin?" fragte ich meinen wunderlichen Begleiter.

Der Zeichner lachte. „Was meinen Sie," sagte er, „wenn ich mir das Völkergewühl im Orient ein wenig ansähe, Kostüme zeichnete und über das Bemühen lachte: einen neu eintretenden Faktor der Menschheitsentwicklung durch Lancasterkanonen und Kriegsschiffe aufhalten zu wollen?"

„Was?!" rief ich mit offenem Munde.

„Wem gilt das ‚Was?'" lachte Strobel. „Meinem Vorhaben oder meiner Meinung?"

„Sie glauben" …

„Ich glaube, daß die Erde jung ist, alter Freund! Wir brauchen frisches Blut und wollen nicht meinen, daß, weil man uns nur Geschichte der Vergangenheit lehrt, es keine der Zukunft geben werde. Wir leben uns gar zu gern in alles ein: in unseren Rock, in unseren Körper, in unsere Familie, in unser Volk; wir freuen uns, wenn ein kleiner verwandter

Mitbürger das Licht der Welt erblickt; wir ärgern uns, wenn wir den Rock zerreißen oder ein Krähenauge bekommen; wir betrüben uns, wenn unser Vater, unsere Mutter stirbt; aber wir halten das alles für natürlich, — bloß weil wir es leichter übersehen können. Soll nun auf einmal in dem Krähenaugenkriegen, Geborenwerden und Sterben der großen Völkerfamilie der Erde ein Stillstand eintreten; ein deus ex machina mit Manschetten in das ewige Werden fahren und sagen: Stop! halt da; entwickelt euch in euch selbst und — entschlaft an Euthanasie? Bah!"

Der Redner blies eine gewaltige Rauchwolke aus seiner Zigarre und fuhr fort, während ich den Kopf bedachtsam schüttelte:

„Es hat den Griechen nichts geholfen, die besten Dichter, Bildhauer und Maler zu sein, die geistreichsten philosophischen Systeme aufstellen zu können: die eisernen Männer Roms klopften an, stellten die griechische Bildung sub hasta, spielten Würfel auf den Gemälden, fabrizierten korinthisches Erz aus den Metall-Statuen, und — die Weltgeschichte ging einen Schritt vorwärts. Es hat den Römern nichts geholfen, die größten Kriegs- und Verwaltungskünstler zu sein, — Zündnadelgewehre und Lancasterkanonen sind Spielzeug im Kampf gegen die e i n e Macht im Weltall, welche die Gestirne treibt und die Wandervögel, und welche die Völker bewegt zur rechten Zeit. Die Barbaren kümmerten sich nicht um Kommandowörter; sie stürmten die Tore Roms und — die Weltgeschichte ging einen Schritt weiter!"

Ich schüttelte wieder das Haupt und brummte: „Immer zertrümmern, zertrümmern!"

„Meine Mutter starb, indem sie mich gebar!" sagte der Zeichner grimmig und stand still. Wir hatten den Ausgang der Sperlingsgasse erreicht; ein kleiner Handwagen, mit Kisten und Kasten beladen, versperrte uns den Weg. „Jetzt will ich Ihnen auch sagen, wo ich in der Tat hin will;

nicht wohin ich gehen k ö n n t e ," sagte Strobel. „Kommen Sie!"

Verwundert folgte ich dem in eine dunkle Kellerwohnung Hinabsteigenden.

So ist das menschliche Leben. Lange, lange Jahre hatte ich in dieser Gasse gewohnt, täglich fast war ich vor diesem Hause, vor diesen trüben Fenstern vorbeigegangen, und heute, am letzten Tage, den die arme hier wohnende Familie dahinter zubringt, steige ich zum ersten Male die feuchten Stufen hinab zu ihr. Der Zeichner stellte mich dem Hausherrn vor, dem Schuhmacher Burger, einem Manne, welchem eine ganze Passionsgeschichte vom Gesichte abzulesen war. Heute Abend führt ihn und die Seinigen die Eisenbahn der Seestadt zu, von wo sie ein Schiff nach einer neuen Heimat, nach dem jungen Amerika bringen soll; und der Zeichner — will die Familie begleiten nach Hamburg.

Die wenigen des Mitnehmens werten Habseligkeiten der ärmlichen Wohnung waren schon zusammengepackt; die bleichen, traurigen Gesichter der Eltern, das teilnahmlose der alten Großmutter, die auch heute noch am gewohnten Platz hinter dem Ofen spann, die Kinder, welche verwundert in den Winkeln kauerten, alles machte einen tiefen, wehmütigen Eindruck auf mich.

Es ist nicht mehr die alte germanische Wander- und Abenteuerlust, welche das Volk forttreibt von Haus und Hof, aus den Städten und vom Lande; welche den Köhler aus seinem Walde, den Bergmann aus seinem dunkeln Schacht reißt, welche den Hirten herabzieht von seinen Alpenweiden, und sie alle fortwirbelt, dem fernen Westen zu: Not, Elend und Druck sind's, welche jetzt das Volk geißeln, daß es mit blutendem Herzen die Heimat verläßt. Mit blutendem Herzen; denn trotz der Stammzerrissenheit, trotz aller Biegsamkeit des Nationalcharakters, der so leicht sich fremden Eigentümlichkeiten anschmiegt und unterwirft, — worin übrigens in diesem Augenblick vielleicht allein die welthistorische Bedeutung Deutschlands liegt — trotz alledem hängt kein Volk so an seinem Vaterland als das deutsche.

In englischen Schriften läuft Deutschland öfters als „the fatherland" κατ' ἐξοχήν. Das wird zwar mit einem gewissen „sneer" gesagt, aber es ist eine Ehre für unsere Nation, und wir können stolz darauf sein.

O, ihr Dichter und Schriftsteller Deutschlands, sagt und schreibt nichts, euer Volk zu entmutigen, wie es leider von euch, die ihr die stolzesten Namen in Poesie und Wissenschaften führt, so oft geschieht! Scheltet, spottet, geißelt, aber hütet euch, jene schwächliche Resignation, von welcher der nächste Schritt zur Gleichgültigkeit führt, zu befördern oder gar sie hervorrufen zu wollen.

Als die Juden an den Wassern zu Babel saßen und ihre Harfen an den Weiden hingen, weinten sie, aber sie riefen:

„Vergesse ich Dein, Jerusalem, so werde meiner Rechten vergessen!"

D i e Worte waren kräftig genug, selbst die zuckenden Glieder eines Volkes durch die Jahrtausende zu erhalten.

Ihr habt die Gewohnheit, ihr Prediger und Vormünder des Volkes, den Wegziehenden einen Bibelvers in das Gesangbuch des Heimatsdorfes zu schreiben; schreibt:

„Vergesse ich Dein, Deutschland großes Vaterland: so werde meiner Rechten vergessen!"

Der Spruch in aller Herzen, und — das Vaterland ist ewig!

Das letzte Hausgerät war zusammengebunden und auf den kleinen Wagen in der Gasse gelegt. Traurig schauten sich die armen Leute in ihrer verödeten Wohnung, die alle Leiden und Freuden der Familie gesehen hatte, um.

„'s ist 'n hart Ding, 's ist 'n hart Ding!" sagte seufzend der Meister, und Strobel klopfte ihn leise auf die Schulter.

„Es ist Zeit, Mann! Faßt Euch ein Herz, geht Eurer Frau mit einem guten Beispiel voran."

„Der Totengräber hat versprochen, er will unseres Fritzen

Hügel draußen nicht verrotten lassen!" schluchzte die Frau.

Burger wischte sich mit dem Ärmel über die Augen, erhob sich aus seinem Hinbrüten und ging, seine alte Mutter hinaufzuführen auf die Gasse; seine Frau weinte laut, brach einen Zweig von der verkümmerten Myrte im Fenster, legte ihn in ihr Gebetbuch und nahm ihr jüngstes Kind auf den Arm, während sich die anderen an ihre Schürze und ihren Rock hingen. Die Familie stieg die enge schwarze Treppe, welche auf die Straße führt, hinauf, — sie hatte ihren langen Weg begonnen!

Draußen wechselte Regen mit Sonnenschein, wie der April es mit sich brachte. Der Meister zog seinen Wagen voraus, wir anderen folgten. Einen letzten Blick werft zurück in die enge, dunkle, arme Sperlingsgasse — ihr werdet wohl oft genug an sie denken — und dann hinaus in die weite Welt, ihr Wanderer!

Bis an das Tor brachte ich den Zeichner und seine Schützlinge. Ein letzter Händedruck, ein letzter Gruß! Wer weiß, ob wir nicht noch einmal uns wieder sehen, Strobel! Lebt wohl! lebt wohl! — Und wieder einmal konnte ich einsam und allein zurückkehren, einsam und allein dies Blatt der Chronik der Sperlingsgasse aufzuzeichnen.

Ich saß heute Nachmittag draußen im Park in den warmen Sonnenstrahlen, die hell und lustig durch die noch kahlen Zweige der höheren Bäume und durch das mit zartem, frischem Grün bedeckte niedere Gesträuch fielen. Kinder mit Sträußen von Frühlingsblumen zogen an mir vorüber; ein Maikäfer, mit einem Zwirnfaden am Bein, hing schlaftrunken an einem Zweige mir zur Seite, und ein stubengesichtiger junger Mann, dem ein Buch hinten aus der Rocktasche guckte, grub sorgsam eine Pflanze aus. Es war ein prächtiger Frühlingsnachmittag. Da begannen auf einmal in der Stadt die Glocken zu läuten, den morgenden Sonntag zu verkünden, und wieder schwebte, von den „Himmelstönen" getragen, eine süße Erinnerung heran.

Es war auch ein erster Mai. Da war der Frühling gekommen mit jungem Grün, bauenden Schwalben und einem — Hochzeitstage in der alten, dunklen Sperlingsgasse. Sie hatten Blumen gestreut, und mit Blumen und Laubkränzen die Pfosten umwunden; sie hatten Sonntagskleider angezogen in der Sperlingsgasse, und alle hatten fröhliche, fröhliche Gesichter. Und der Himmel war blau, und die Sonne schien strahlend durch den Efeu, welchen vor so langen Jahren Marie Ralff im Ulfeldener Walde ausgegraben hatte; aber weder Himmelsblau noch Sonnenschein kamen an heiliger Reinheit dem Gesichtchen gleich, das sich an jenem ersten Mai an meine Schulter schmiegte und durch Tränen lächelnd zu mir aufschaute. Das Bild der Mutter sah aus seinem Rahmen und den Kränzen, die es heute umwanden, ebenfalls lächelnd auf uns herab. Lächeln, Lächeln überall! Und als das junge Herzchen an meiner Brust pochte, auf der anderen Seite Gustav mir den Arm um die Schulter legte; als Helene weinend der jungen Braut den Kranz in die Locken drückte, da war es mir, als sei nun ein lange dunkles Rätsel gelöst, und ich senkte das Haupt vor der geheimnisvollen Macht, welche die Geschicke lenkt und ein Auge hat für das Kind in der Wiege und die Nation im Todeskampf. Wie die Fäden laufen mußten, um hier in der armen Gasse sich zusammen zu schürzen zu einem neuen Bunde! Wie so viele Herzen fast brechen wollten, um ein neues Glück aufsprießen zu lassen! Das ist die große, ewige Melodie, welche der Weltgeist greift auf der Harfe des Lebens, und welche die Mutter im Lächeln ihres Kindes, der Denker in den Blättern der Natur und Geschichte wahrnimmt. —

Wir sprachen an jenem Tage nicht viel! Das Glück ist stumm, und was die Liebe — die wahre Offenbarung Gottes — sich zuflüstert, hat noch kein Dichter auf Papyrus, Pergament oder Papier festgehalten. Die kleine Kirche war gar feierlich heilig, als der junge Maler — er dachte in dem Augenblick gewiß nicht an sein gefeiertes Bild, Milton, den Galilei im Gefängnis zu Rom besuchend — als der junge Maler seine schöne Braut hineinführte an den geschmückten, lichterglänzenden Altar. Und niemand fehlte in dem Kreise teilnehmender Gesichter umher! Da war das Atelier, da waren Elisens Freundinnen, da war vor allem die alte Martha und die Hausgenossenschaft und Nachbarschaft der Sperlingsgasse. Die Orgel begann den Choral — und die Jungfrau Elise Johanna Ralff und Herr Gustav Theodor Maximilian Berg wurden durch ein ganz leises, leises Ja und ein anderes viel lauteres, auf eine gar verfängliche Frage, Mann und Frau! —

*   *
*

Die Chronik der Gasse nähert sich ihrem Ende. Was sollte ich auch noch vieles erzählen? Unsere Kinder sind glücklich in dem schönen Italien; die alte Martha schläft nicht weit von Mariens Grabe auf dem Johanniskirchhofe; ich bin alt und grau. Wenn ein Paket von Rom gekommen ist, so gehe ich hinüber zu der freundlichen, schönen, weißhaarigen Frau, die da drüben in Nr. Zwölf gewöhnlich strickend am Fenster sitzt, und unsere alten Herzen schlagen höher bei dem frischen Lebensglück, welches uns aus den engbeschriebenen Bogen entgegenleuchtet. Wir folgen den Kindern durch alle die alten und neuen Herrlichkeiten, wir stehen mit ihnen vor dem Laokoon, wir steigen mit ihnen zum Kapitol hinauf, unsere Schritte hallen an ihrer Seite in den Sälen des Vatikans, in den Loggien Raffaels wider. Wie eine reizende Märchenarabeske ist jeder Brief: blauer Himmel und Sonne und ein fröhliches Lachen auf jeder Seite!

Es ist spät in der Nacht, als ich dieses schreibe; tiefe Dunkelheit herrscht in der Gasse; kein einziges erhelltes

Fenster ist zu erblicken. Der einzige Laut, den ich vernehme, ist das Schlagen der Turmuhren oder der Pfiff des Nachtwächters. Da liegen alle die bekritzelten Bogen vor mir! bunt genug sehen sie aus! —

Was sollte ich noch viel hinzufügen? Wenn die alten Chronikenschreiber ihre Aufzeichnungen bis zu ihren Tagen fortgeführt und ihr Werk beendet hatten, hefteten sie noch einige weiße Bogen hinten an, damit der künftige Besitzer die „wenigen" Ereignisse, welche vor dem Untergang der Welt noch geschehen würden, darauf nachtragen könne. Das nachzuahmen habe ich nicht im Sinn. Diese Erde wird sich noch lange drehen, in dieser engen Gasse wird noch manches Kind geboren werden, manche Leiche wird man hinaustragen, und unter den letzteren vielleicht in nicht langer Zeit auch den, welchen sie Johannes Wachholder nannten. — Was die paar Tage, die mir noch übrig sind, bringen werden, will ich in Ruhe erwarten; viel Neues können sie mir nicht zeigen. —

Ich öffne das Fenster und blicke in die dunkle, stille, warme Nacht hinaus. Hier und da flimmert ein einsamer Stern an der schwarzen Himmelsdecke. Wie feierlich der Glockenton in der Nacht klingt! Zwölf Uhr. In wie viele Träume mag sich dieser Schall verschlingen? Der grübelnde Gelehrte wird von seinem Buche verwirrt aufsehen, das junge Mädchen wird von Tanz- und Ballmusik träumen, der arme Kranke wird von dem kommenden Tage Genesung erflehen, die Mutter wird im Schlaf ihr kleines Kind fester an sich drücken, und der Herrscher, die Stirn wund vom Druck einer Krone des Zeitalters der Revolution, wird das Haupt in die Kissen senken und seufzen: Ein neuer Tag! —

Meine Lampe flackert und ist dem Erlöschen nahe. Mit müder Hand schließe ich das Fenster und schreibe diese letzten Zeilen nieder:

Seid gegrüßt, alle ihr Herzen bei Tag und bei Nacht; sei gegrüßt, du großes, träumendes Vaterland; sei gegrüßt, du kleine, enge, dunkle Gasse; sei gegrüßt, du große, schaffende Gewalt, welche du die ewige L i e b e bist! — Amen! Das sei das Ende der Chronik der Sperlingsgasse!